AF356928

ASSISES

Scientifiques, Littéraires et Artistiques

FONDÉES PAR ARCISSE DE CAUMONT

VI° Session, tenue à Rouen les 23-24-25 juillet 1923

RAPPORT

SUR

Le Mouvement Musical

En Normandie, Maine, Anjou et Blésois

De 1913 à 1924

Par

Paul-Louis ROBERT

Professeur d'Histoire littéraire Normande à la Société libre d'Émulation

ROUEN

IMPRIMERIE ET LIBRAIRIE ALBERT LAINÉ

1924

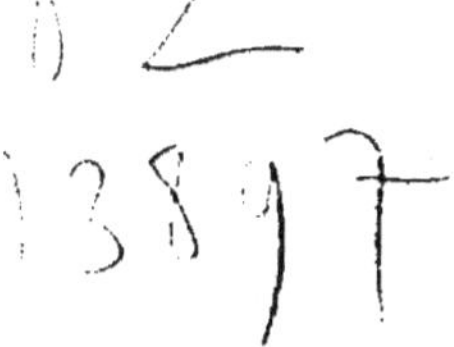

Le Mouvement musical en Normandie, Maine, Anjou et Blésois

De 1913 à 1924

INTRODUCTION

Si nous avons cédé à de pressantes instances et accepté de faire ce rapport, c'est uniquement parce qu'il nous permettait, en nouant des amitiés précieuses dans neuf départements, d'y servir une cause pour nous sacrée, et d'organiser partout des auditions-conférences au profit du Musée Berlioz. S'il n'est pas vrai que la vertu soit toujours récompensée, notre sacrifice eut sa récompense, et notre premier devoir est d'adresser cette lettre de remerciements à la presse, aux artistes, au public de tant de villes qui nous réservèrent un si aimable accueil : nous demandons à tous nos confrères de bien vouloir la reproduire.

« Monsieur le Directeur,

« Voulez-vous me permettre d'abuser une fois de plus de l'amabilité inappréciable que vous m'avez témoignée, vous personnellement comme tous mes confrères, au cours de ma croisade pour le rachat de la petite maison de Montmartre dont nous voulons faire le Musée Berlioz, pour adresser au public de Normandie, d'Anjou, du Maine et du Blésois l'expression de ma profonde reconnaissance.

« Nous venons, Madame Marie Robert et moi, au nom des neuf départements que j'ai parcourus et visités depuis quatre ans, en ma qualité d'Inspecteur et de Rapporteur du Mouvement Littéraire et Musical aux Assises de Caumont, de verser un second billet de 1.000 francs à la famille de Berlioz.

« Qu'il m'ait fallu cent vingt conférences pour recueillir le premier, et cinq seulement pour le second, c'est une histoire que je raconterai bientôt au public. J'avais d'ailleurs à payer plus de dix-sept cents francs d'impression, sans parler de frais de voyages considérables.

« Les voyages forment la jeunesse, et même l'âge mûr; et les châteaux en Espagnee ne sont pas un placement de père de famille, ni même de chevalier errant, surtout aux cours actuels du change.

« Aujourd'hui, les deux mille exemplaires des *Troyens*, les trois cents de la *Correspondance inédite de Boieldieu*, les cent de l'*Art de Gluck*, les cent de *Modeste Moussorgsky*, les cent de *Boieldieu et la Dame Blanche*, les cinq cents de la *Bataille Romantique* sont épuisés, à quelques-uns près — ce qui m'a permis de verser 1.000 francs aux Œuvres de guerre et 2.000 francs au Musée Berlioz.

« Aux Sociétés musicales et savantes, aux Artistes qui organisèrent de belles manifestations Berliozistes, aux Maires qui ont mis gracieusement à ma disposition leurs salles, aux Inspecteurs d'Académie qui — à l'exception d'un seul — m'ont envoyé toute la jeunesse des écoles, à tous mes confrères de la Presse qui m'ont consacré des articles si sympathiques au public de vingt-trois villes qui s'est montré si généreux, je tiens à dire avec émotion l'expression de toute ma gratitude.

« Permettez-moi aussi d'adresser aux directeurs de théâtres et de casinos, aux chefs des Sociétés musicales de ces neuf départements un appel chaleureux. Si tous voulaient bien organiser une représentation ou un concert consacré à Berlioz, au cours duquel je dirais au public pourquoi nous voulons un Musée Berlioz, nous pourrions apporter l'an prochain non plus 2.000 francs, mais peut-être 20.000 francs pour le rachat de la maison de Montmartre.

« Les premiers résultats obtenus par cette méthode à Alençon, à Laval, à Blois, au Mans furent excellents. Que leur exemple soit donc imité par Rouen, Angers, Caen, Le Havre, etc.....

« La mort de mon ami Bernard Masselon avec qui j'avais mené fraternellement la croisade berlioziste a empêché la représentation de *Benvenuto Cellini*.

« Pourquoi ne pas reprendre à Rouen et à Angers cette œuvre si vivante, ainsi que le délicieux *Béatrice et Bénédict* ?

« Les petits-neveux de Berlioz voulaient bien m'écrire que la Normandie était la province de France qui connaissait le mieux la vie et l'œuvre de Berlioz.

« Les Vikings ont accompli les plus beaux gestes de l'histoire. Qu'ils en fassent un de plus : qu'ils sauvent le Musée Berlioz. Ils ont commencé.

« Veuillez agréer, Monsieur le Directeur, l'assurance de toute ma gratitude.

« Paul-Louis ROBERT. »

Notre rapport ne pouvait être qu'une œuvre collective, un Rouennais n'ayant nulle qualité pour parler du Mouvement musical à Angers ou à Caen. Nous avons donc passé la plume à d'aimables et précieux collaborateurs, choisis parmi les plus autorisés. S'il est des critiques qui ravalent la critique au niveau de leurs rancunes, qui n'y voient qu'un moyen de parvenir et qui chantent de fâcheuses et plaisantes palinodies pour d'inavouables raisons qu'il n'est pas besoin d'être Mme de Thèbes pour deviner, ce n'est certes pas à eux que nous nous serions adressés. Notre enquête patiente n'a pu malheureusement aboutir dans tous les départements à des résultats précis. Que de lettres restèrent sans réponse ! Nous n'en gardons pourtant aucune rancune à des personnes qui nous témoignèrent tant de sympathie à notre passage dans leur ville, mais ne purent trouver le temps de rechercher dans leurs souvenirs de dix années, dans les journaux, dans les revues les éléments d'un tel travail, véritable travail de bénédictins.

CALVADOS

I. — Bayeux

Notre excellent ami E. Bricard a bien voulu nous communiquer ces quelques renseignements.

Trois Sociétés : *La Musique Municipale* (harmonie), la chorale l'*Orphéon Bayeusain* et l'orchestre l'*Union Symphonique* offrent chaque année un concert à leurs membres honoraires, avec le concours d'artistes de Paris. Pendant la guerre, les troupes belges donnèrent plusieurs concerts. Depuis la guerre, l'*Union des Anciens Combattants* et la *Société des Invalides de la Grande Guerre* d'une part, de l'autre, depuis deux ans, l'*Union Bayeusaine*, avec le concours de la *Musique Municipale*, organisèrent aussi leur concert annuel.

La troupe de Caen vient donner des représentations d'opérette et la dernière saison d'opéra-comique et même d'opéra.

Le 22 octobre 1922 fut donnée au Théâtre de Bayeux, avec grand succès, une revue locale *Bajo... cocasserie*. L'auteur L. Le Gras, président de l'*Union Symphonique* de Bayeux, évoquant Alain Chartier et la fée d'Argouges, rehaussa fort heureusement les sujets d'actualité par une partie d'histoire et de légende locale. Quatre représentations successives n'épuisèrent pas le succès : une reprise vient d'être faite en juin. L'œuvre a d'ailleurs été éditée chez M. Jehanne, libraire à Bayeux. L. Le Gras, qui est un homme de goût, a publié aussi, sous le pseudonyme de Pierre Sarget, *La Chasse au Loup*, poème de guerre, écrit sur le front, suite de tableaux de guerre dont l'édition et épuisée.

Signalons aussi — bien qu'il ne s'agisse que de théâtre et non plus de musique — que l'on prépare pour août prochain une grande fête en l'honneur de Mlle George, née à Bayeux : pose d'une plaque commémorative sur sa maison natale, dénomination d'une rue de Mlle George et représentation d'artistes de la Comédie-Française dans un théâtre de verdure.

La célébration du second Millénaire de la Normandie (Pentecôte 1924) a donné lieu à de belles cérémonies musicales (voir Etienne Deville : *Journal de Rouen*, 12 juin 1924). *La Maîtrise de la Cathédrale*, renforcée de l'*Orphéon*, de l'*Union Symphonique*, d'un Groupe d'artistes et d'amateurs, sous la direction de l'abbé Bigard, maître de chapelle, exécuta des œuvres de J. Mauduit, C. Frank et « la cantate *Dex aie !* du regretté Marcel Royer, organiste de Saint-Jean de Caen, emporté en 1912 au moment où il était en pleine possession de son art. Cette œuvre de jeunesse est empreinte de fraîcheur, d'élégance et de suaves mélodies, soutenues par une harmonie toujours riche et variée, bien moderne, sans exagération ».

II. — Caen

C'est notre excellent confrère A. Liégard, l'auteur du remarquable rapport de 1913 sur le Mouvement artistique, qui a rédigé pour nous ces pages sur la vie musicale caennaise.

Le dernier Rapport constatait que, pendant la période envisagée, jamais l'art musical n'avait été plus en honneur à Caen, et que jamais les grandes auditions n'avaient été plus importantes et plus suivies. Ce mouvement ne s'est pas ralenti pendant les dix ans que nous avons à étudier et les auditions musicales (du moins les grandes manifestations) restent toujours aussi suivies.

La guerre elle-même n'a guère interrompu ce mouvement car, pendant les sombres années, à l'occasion de soirées et surtout de matinées données au bénéfice des diverses œuvres de guerre, c'est toujours la musique qui tint la place principale. Ces auditions commencèrent dès le début de 1915 et furent assez nombreuses pendant tout le cours de la guerre. L'*Ecole Nationale de Musique*, bien que restreinte par la mobilisation de quelques-uns de ses professeurs, continua ses auditions populaires qu'elle donna au profit d'œuvres de guerre.

Les hasards de la mobilisation, la présence pendant un certain temps à Caen d'une importante garnison belge, fournirent à ces concerts divers des éléments intéressants et parfois brillants.

La guerre n'a pas été toutefois sans apporter quelques changements assez importants dans la vie musicale caennaise. Il faut notamment signaler une disparition et une création.

L'*Association artistique des Grands Concerts Caennais* dont il avait été parlé dans le dernier rapport, dissoute du fait de la guerre, ne s'est pas malheureusement reconstituée.

En revanche, nous avons à signaler la naissance (en 1917) de l'*Ecole d'orgue et de Musique religieuse* et de la *Schola Saint-Grégoire*. Leur fondation est due beaucoup à M. Guillaume, prix d'orgue du Conservatoire de Bruxelles, amené à Caen par les hasards de la guerre et qui s'y est fixé. Il a trouvé en M. l'abbé Prieur, alors vicaire à Saint-Jean de Caen, et depuis curé de Luc-sur-Mer, le plus précieux collaborateur. C'est sous la direction de ce dernier que *La Schola* a donné régulièrement depuis cette fondation des auditions de chant grégorien qui ont été très remarquées. Le maître Vincent d'Indy est venu lui-même apporter ses suffrages à *La Schola* dans une conférence faite en janvier 1920. Les chœurs mixtes, composés d'amateurs, se distinguent par leur justesse, leur discipline, leur ensemble et leur profond sentiment.

L'Ecole d'orgue, de son côté, a déjà formé des organistes de premier ordre.

Une autre modification est encore à signaler. La *Société des Beaux-Arts de Caen* a fusionné avec la *Lyre Caennaise* et *La Schola cantorum*, déjà réunies, sous la présidence du Président de ces dernières Sociétés, M. Pierre Laurent. L'ensemble a pris le titre d'*Union des Sociétés des Beaux-Arts* et a donné depuis cette fusion (en 1921), nombre de belles manifestations musicales avec des artistes renommés.

Elle avait débuté (avril) par une très intéressante audition de l'*Enfance du Christ*, de Berlioz, avec Mme Auguez de Montalant, M. Plamondon, etc... Nous regrettons que l'espace restreint qui nous est départi ne nous permette pas d'insister sur ses autres belles manifestations artistiques, dont les dernières (et non les moins brillantes) furent données par *Les Concerts Tonche* et le *Chœur Russe* de Kibaltchitch.

Depuis la disparition de l'*Association des Grands Concerts*, les seules occasions — ou presque — que les Caennais eurent d'entendre des concerts symphoniques sont les auditions populaires de l'*Ecole Nationale de Musique*. Elles se sont poursuivies régulièrement sous l'habile direction du directeur de l'Ecole, M. Mancini, et ont été très suivies. Signalons particulièrement le festival, donné le 14 mars 1922, en l'honneur du regretté compositeur caennais Gabriel Dupont, avec le concours du célèbre ténor Franz, de l'Opéra, le créateur d'*Antar*.

Un essai intéressant de formation d'un nouveau groupe symphonique a été fait en 1922 par la fondation de l'*Association des Anciens Elèves du Conservatoire de Caen*. Les jeunes organisateurs de cette Société, animés de beaucoup de zèle et de bonne volonté ont déjà donné quelques auditions pleines de promesses et méritent d'être encouragés.

La Société chorale mixte *La Neustrie*, qui avait reçu de M. André Bourdon une forte impulsion, a eu le regret de perdre son directeur. Elle a néanmoins continué à donner des auditions intéressantes, et notamment en janvier 1920, sous la direction de M. Sarrazin, une très bonne exécution de la *Rebecca*, de César Franck.

La vieille harmonie caennaise *La Fraternelle*, très éprouvée par la guerre, est aujourd'hui entièrement reconstituée et plus nombreuse qu'avant. Toujours dirigée par son même chef dévoué, M. Martin, elle se classe parmi les bonnes harmonies de France.

Enfin, au théâtre c'est encore la musique qui règne. Dès la réouverture, pendant la guerre, il fut donné régulièrement le dimanche des représentations d'opéra et d'opéra-comique. Depuis la réouverture normale, les représentations (en dehors des tournées) sont assurées par une troupe lyrique fixe qui joue l'opérette et l'opéra-comique.

On voit par ce rapide aperçu que, comme nous le disions en commençant, le Mouvement musical ne s'est pas ralenti à Caen et qu'il y reste en honneur.

En dehors du festival dont nous avons parlé, d'autres manifestations musicales se sont produites en l'honneur du regretté Gabriel Dupont. La mort (au moment de la déclaration de guerre) du jeune compositeur si plein d'avenir, dont *Antar* est venu (trop tard hélas) consacrer la gloire, n'est pas seulement un deuil pour sa ville natale. La musique française a perdu avec Gabriel Dupont l'un de ceux qui l'avaient déjà illustrée et promettait de la faire encore plus briller dans le monde.

III. — Honfleur

Erik Satie (1).

Honfleur enfanta deux humoristes célèbres : Alponse Allais et le compositeur Erik Satie. Nous eûmes le plaisir d'entendre ce dernier à Rouen le 18 mai 1922 faire une petite causerie quelque peu anodine, mais — ce qui valait mieux — interpréter ou accompagner une grande partie de ses œuvres, avec le concours de deux parfaites musiciennes, Mme Jane Mortier et Mme Marthe Martine. Le public parut sans doute un peu étonné, ce qui ne prouve rien contre l'auteur. Nous avons pris un si vif plaisir à cette audition, comme à la lecture de la *Revue Musicale* du 1er mars 1924, que nous tenons à reproduire l'excellent article de Paul Landormy dans la *Victoire* (18 mars 1924), consacré à Erik Satie :

« Le numéro du 1er mars de la *Revue Musicale* contient deux articles très remarquables sur Erik Satie. L'un est un délicieux fragment de conférence prononcée en 1920 par Jean Cocteau. L'autre est une pénétrante étude de Charles Kœchlin.

« Il arrive à Erik Satie dit Jean Cocteau, l'aventure de la Belle au Bois dormant, « avec cette différence qu'il était seul à dormir dans le château et qu'il se réveille jeune « parmi les morts. »

« Satie fut en effet ce perpétuel précurseur qui survit à toutes les nouveautés qu'il a successivement instituées, et laissé tranquillement exploiter par les autres, passant lui-même à du nouveau encore.

« *Les Sarabandes* avec « leurs résolutions exceptionnelles de neuvième » sont, en effet, de 1887 et précédent de quatorze ans celle de Debussy, et c'est bien avant tout le monde que par ses *Gymnopédies* il se mettait en opposition déclarée avec Wagner et Franck.

« Du reste, Satie n'est pas resté jeune que par son œuvre. Il habite aux environs de Paris, d'où il vient et où il rentre à pied, soutenu par ses anges. Il a des plaisirs de collégien. « Quelle chance d'être vieux, dit-il. Quand j'étais jeune on me harcelait :

---

(1) Consulter aussi André Cœuroy : *La Musique Française moderne* Quinze Musiciens Français (Delagrave, 1922).

6

« Vous verrez un jour ! Attendez ! vous verrez ! » « — Eh bien, j'y suis. Je n'ai
« rien vu. Rien ! » N'est-ce pas admirable ? »

« Erik Satie a créé au moins deux styles dont il fut le premier initiateur : d'abord
le style harmonique et impressionniste qu'il légua à son ami Debussy, s'enfermant lui-
même ensuite dans un profond sommeil, puis, après un brusque réveil, le style contra-
puntique dépouillé, simplifié, clarifié, souvent à deux parties seulement, dont il marqua
son retour au classicisme.

« Ici une curieuse histoire racontée par Jean Cocteau, qui fixe bien le rôle de Satie :
« C'est en 1891... Debussy fréquentait alors l'auberge du Clou, mal vu des artistes
« de gauche parce qu'il venait d'avoir le prix de Rome. On l'évitait. Un soir, Debussy
« et Satie se trouvent à la même table. Ils se plaisent. Satie demande à Debussy ce
« qu'il prépare. Debussy composait, comme tout le monde, une wagnérie avec Catulle
« Mendès. Satie fit la grimace. « Croyez-moi, murmura-t-il, assez de Wagner. C'est
« beau, mais ce n'est pas de chez nous. Il faudrait... »

« Ici, je vais citer une phrase de Satie qui m'a été dite par Debussy, ce qui décida
l'esthétique de *Pelléas*.

« — Il faudrait, dit-il..., que l'orchestre ne grimace pas quand un personnage entre
« en scène. Est-ce que les arbres du décor grimacent ? Il faudrait faire un décor
« musical, créer un climat musical où les personnages bougent et causent. Pas de cou-
« plets, pas de leit motiv, — *se servir d'une certaine atmosphère de Puvis de Cha-*
« *vannes.*

« Pensez à l'époque dont je parle. Puvis de Chavannes était un audacieux, moqué
« par la droite.

« — Et vous Satie, que préparez-vous ? demanda Debussy.

« — Moi, dit Satie, je pense à la *Princesse Maleine*, mais je ne sais pas comment
« obtenir l'autorisation de Mæterlinck.

« Quelques jours après, Debussy, ayant obtenu l'autorisation de Mæterlinck, com-
mençait *Pelléas et Mélissandre*.

« Et Jean Cocteau d'ajouter fort judicieusement :

« Ne croyez pas que je vais blâmer Debussy, plaindre Satie. Tant mieux ! Le
« chef-d'œuvre est à qui le décroche.

« Un chef-d'œuvre n'ouvre rien, n'annonce rien. Il ferme une période. Point à la
« ligne... »

« Mais Satie n'en fut pas désarmé.

« Le coup de génie de Satie fut de comprendre tout de suite, dès 1896, que *Pelléas*
était un chef-d'œuvre... *Plus à faire de ce côté-là*, écrivait-il, après la représentation,
en 1902, *il faut chercher autre chose ou je suis perdu.* »

« Alors il s'enterra, ou plutôt il y avait longtemps qu'il s'était enterré, qu'il avait
enterré le premier Satie pour en chercher un second.

« Il s'était mis à la rude discipline de la *Schola Cantorum* pour y étudier le contrepoint, sous Albert Roussel.

« Prenez garde, lui disait Debussy, *vous jouez un jeu dangereux. A votre âge,*
« *on ne change pas de peau* ». Et Satie répondait : « Si je rate, tant pis pour moi.
« C'est que je n'avais rien dans le ventre. »

« Mais à *Pelléas* succéda le *Sacre du Printemps*. Après les douceurs extasiées,
les frôlements vaporeux, les grisailles de l'impressionnisme, la bombe anarchiste éclate.

« Alors le vieux au Bois Dormant s'éveille. Il apporte la plus grande audace :
Etre simple. »

« Etre simple, plus simple que personne n'y aurait jamais pensé. D'une simplicité « toute neuve » s'entend et qui s'enrichit de tous les raffinements des âges précédents.

« Et voici que maintenant Erik Satie est passé maître, le « maître d'Arcueil ».
Il a ses disciples auxquels il a soin de donner la recommandation essentielle : « *Marchez*
« *seuls. Faites le contraire de moi. N'écoutez personne.* »

« Ce maître, Charles Kœchlin l'exalte avec une sympathique clairvoyance. Il en ana-
lyse avec un rare discernement les principaux mérites.

« Ses *Pièces de piano* écrites de 1900 à 1920 déterminent des directions aussi
neuves, aussi imprévues que celles données en 1887 par les *Sarabandes*. Satie se débar-
rasse des reprises, des redites. Il élague, jette du lest, supprime les tenues, condense,
réduit le dialogue musical au strict minimum (deux parties le plus souvent). Au strict
minimum également la durée des périodes. L'air circule, léger et vif, en ces pièces
rapides. Dans le même temps, son langage se fait bitonal ; et lorsqu'il n'use que d'une
seule tonalité, ce sont des rapports harmoniques très inattendus, en dépit de leur apparente simplicité.

« Il prépare, il annonce Darius Milhaud, Amic, Poulenc.

« Ce qu'il y a de caractéristique aussi chez Satie, c'est le « réveil de l'*art familier*,
« en un temps où (sauf d'assez rares exceptions) les musiciens s'orientaient, les uns
« vers un reste de sublime wagnérien ou franckiste, les autres vers le raffinement nostal-
« gique, lointain, nocturne et profond de Verlaine, de Claude Debussy, de Gabriel
« Fauré. »

« Les titres mêmes de ses pièces, souvent si baroques, attestent ce souci de fami-
liarité. Le musicien s'amuse et il ne s'interdit aucune espèce de divertissement, même
la plus grosse calembredaine.

« Mais parce que le titre est drôle, cela ne veut pas toujours dire que la pièce
le soit aussi. Souvent ce n'est qu'une cabriole d'esprit par laquelle Satie se défend de
quelque charme innocent auquel il s'est laissé aller et dont il a l'involontaire pudeur.

« Debussy avait conseillé un jour à Satie de songer davantage à la *forme* de ses
morceaux. Aussitôt Satie écrit trois pièces qu'il intitule *morceaux en forme de poire.*

« Mais là le gamin ne s'amuse que dans son titre. Il s'amuse souvent aussi dans
sa musique et il a cultivé avec un rare bonheur le burlesque musical dont on est loin
encore d'avoir épuisé toutes les ressources : il ouvre une voie féconde.

« Il a donné sa contribution à l'art violent, qui transpose les jeux du Cirque ou
les joies des Foires. « Mais ses transpositions de l'art populaires ne sont jamais popu-
« lacières et sa brutalité même garde une singulière tenue. »

« Mais ces violences sont peut-être près de passer de mode et c'est Satie qui prépare encore l'art de demain et le retour à la douceur et à la grâce de Gounod.

« Satie vient de terminer un *Paul et Virginie*, en trois actes. »

« Je résume des pages qui valent d'être lues avec une attention qui s'arrête au
détail. Je ne mets en évidence que les grandes lignes. La personnalité d'Erick Satie est des
plus curieuses qui soient. Il faut l'étudier encore. Nous y reviendrons.

Provisoirement, je maintiens mes positions et il m'est difficile d'accorder à cet esprit
extraordinairement inventif, les grands mérites du véritable créateur.

« Je me trompe peut-être. Nous verrons. »

Groupe Polyphonique.

Le *Groupe Polyphonique*, sous la direction de M. René Lefebvre, organiste de
Saint-Léonard, a réussi à donner une audition d'*Orphée*. En avril 1924, il offrait une
exécution de *Ruth et Booz*, dont on trouvera des comptes rendus fort élogieux dans
l'*Echo Honfleurais* du 5 avril et le *Pays d'Auge* du 2 avril. Le programme comportait
encore l'*Ouverture d'Egmond* et l'*Hymne Héroïque* de Saint-Saëns, dirigés par

8

M. Hatay de Rouen. A la suite d'un concours qui ne fit que confirmer sa grande valeur, M. R. Lefebvre vient d'être appelé à Paris comme Secrétaire de l'Institut Grégorien.

Souhaitons à la ville d'Honfleur de le conserver, malgré les distances, au moins comme directeur du *Groupe Polyphonique*.

IV. — LISIEUX

J. Bertot, le très sympathique et lettré rédacteur en chef du *Lexovien*, a bien voulu nous communiquer ces quelques renseignements :

La Musique Municipale, sous la direction de M. Anne, s'est réorganisée : elle compte soixante-dix exécutants.

Plusieurs grandes auditions avec chœurs d'hommes et de femmes et orchestre (cent exécutants) à la Cathédrale Saint-Pierre, sous la direction de M. Joseph Mauger, maître de chapelle.

En 1920, exécution intégrale avec les mêmes éléments et le même chef, de la *Jeanne d'Arc*, de Lenepveu, à l'église Saint-Jacques.

En 1921, exécution au Théâtre de l'Opéra-Comique : *Le Mariage de Colombine*, paroles de Jean Bertot, musique d'I. Legrix.

Première exécution, à Saint-Pierre, de la cantate : *Aux Morts vainqueurs*, paroles de Jean Bertot, musique de Jean Bertot. (Cantate exécutée aujourd'hui dans toutes les cérémonies patriotiques.)

Première exécution, à Saint-Pierre, de la cantate : *A la bienheureuse Thérèse de l'Enfant Jésus*, paroles du R. P. Guesdon, musique de Joseph Mauger.

En 1922, la troupe du Théâtre de Caen, sous la direction Renonprez, a donné tous les quinze jours une saison d'opéra et d'opéra-comique excellente (*Carmen*, *Faust*, *Lakmé*, *Werther*, *Manon*, *Le Barbier*, *Mignon*, etc...

COMPOSITEURS

A côté de Gabriel Dupont, à qui notre distingué confrère A. Liégard consacra une excellente notice nécrologique, deux compositeurs mentionnés dans son rapport de 1913 poursuivent leur brillante carrière. Maurice Le Boucher d'Isigny a été nommé Directeur du Conservatoire de Montpellier. Mme Mellot Joubert interpréta à Rouen plusieurs de ses mélodies, écrites sur des poèmes d'A. Samain, d'une beauté expressive et musicale tout à fait rare.

L'Enfant de Condé-sur-Noireau a fait représenter avec succès au Trianon Lyrique en 1923, *Le Djorghi*, opérette en trois actes, paroles de M. Wilned.

E. Vuillemin, dans *Excelsior*, l'appréciait ainsi : « Le métier honnête et solide est vraiment une belle chose. Dans le milieu des compositeurs d'opérettes, où règne si magnifiquement ce que les universitaires appellent l' « analphabétisme » musical, M. L'Enfant fait figure de maître. Il n'est pas épris d'originalité outrancière, il sait écrire et il sait orchestrer. Sa partition est d'une tenue parfaite et d'un style inattaquable ».

NOTE

Un petit fait montrera que les difficultés d'après-guerre peuvent être surmontées. M. Ch. Jacqueline, directeur de la *Fanfare Municipale de Cambremer*, nous raconte qu'en trois ans il a pu reconstituer une fanfare très éprouvée par la guerre, remporter plusieurs premiers prix et qu'il espère bien passer en première division d'ici peu, ce dont il faut le féliciter, lui et ses exécutants.

EURE

I. — EVREUX

Evreux possède une Ecole municipale de Musique : Solfège, chant, instruments à vent et à cordes, qui groupe environ cent vingt élèves. Elle est dirigée par M. Clérisse, qui conduit également la *Musique Municipale*. Il y a une vingtaine d'années, il avait fondé la *Société Symphonique*, composée de soixante exécutants et dont le chef, à l'heure actuelle, est M. Dumesnil. Cette Société, dirigée successivement par M. Dubois (exécution de *Gallia*) ; M. Chenaud (*Nuit à Lisbonne*, de Saint-Saëns, fragments de symphonies de Haydn et Beethoven), exécute d'intéressants programmes ; fragments de la *Pastorale*, ouverture de l'*Enlèvement au Sérail*, etc...

M. Fouasse reste depuis trente ans à la tête de l'*Orphéon d'Evreux*, qui groupe cinquante exécutants.

Mme Léon Poussin, professeur de chant et de piano, a organisé des représentations d'opérettes au profit d'œuvres de bienfaisance : *Véronique, Mireille*.

M. Huvey donne des concerts accompagnés parfois de conférences. L'organiste de Saint-Taurin, M. Dubourg, un aveugle, donne des auditions.

Au Théâtre municipal, depuis deux ans, MM. Charnault et Metz font jouer opérettes et opéras-comiques avec un petit orchestre formé d'éléments locaux.

II. — BERNAY

Bernay est fier de sa *Musique Municipale*, qui a remporté de nombreux succès dans les concours de musique. Le nombre des membres honoraires atteint un tel chiffre qu'il n'existe pas de salle assez grande pour les contenir et que les concerts se donnent surtout dans le jardin public ou dans l'ancienne abbaye, peu favorable d'ailleurs à une audition.

III. — LOUVIERS

Louviers témoignait, il y a une vingtaine d'années, d'un zèle exceptionnel pour la musique. La disparition de M. Loth, organiste de Notre-Dame, de M. Léon Poussin, président de *La Lyre Orphéonique;* la guerre, surtout, ont momentanément ralenti ce mouvement artistique qui ne cesse pas toutefois d'être assez marquant.

L'*Harmonie Municipale* a pour chef M. Audiger, de l'orchestre de l'Opéra, premier prix de piston du Conservatoire, qui succéda en 1904 à M. Fontbonne. La chorale *La Lyre Orphéonique* fut fondée en 1899 par M. Achille Planterose, elle a pris part à seize concours et a toujours obtenu les premiers prix; en 1912, elle a été classée en première division, première section. Elle vient d'exécuter (décembre 1923) la *Gallia*, de Gounod. M. Raoul Jumelle fondait une *Société Symphonique* avec quelques éléments provenant de la *Société Philarmonique* dissoute en 1906. M. Planterose en prit la direction; l'orchestre comprend cinq à six violons, au total trente instrumentistes.

Plusieurs professeurs, M. Maurice Duruflé, premier prix du Conservatoire pour l'orgue en 1922; Mme L. Poussin; Mlle Rat; M. et Mme Lejeune; M. Morel (maintenant au Théâtre-des-Arts de Rouen), de nombreux amateurs continuent à développer ou à cultiver le goût de la musique. M. Franz, du Grand-Opéra, ayant acquis une propriété à Louviers, apporte le concours infiniment précieux de son admirable talent à certaines manifestations artistiques de bienfaisance.

Grâce à l'initiative de son distingué Maire, M. Lefebvre, avoué, Louviers a la bonne fortune d'avoir chaque hiver un ou deux très brillants concerts.

IV. — Pont-Audemer

Il s'est formé dans cette jolie petite ville, très active, une *Société des Amis de la Musique*, qui offre chaque hiver à ses membres quatre remarquables concerts avec de brillants artistes parisiens, et l'on refuse du monde chaque fois. Aussi la ville de Bernay s'apprête-t-elle à suivre un aussi excellent exemple.

V. — Vernon

Sur l'invite du très aimable Maire de Vernon, qui est un fervent de l'art musical, nous avons pris la parole au profit du Musée Berlioz, en 1921, à l'un des concerts de la *Société Symphonique*. Nous avons été surpris du nombre considérable d'exécutants que groupe cette Société, du zèle et de l'expérience dont elle fait preuve sous la direction de M. Quettier dans l'exécution de programmes composés en majeure partie d'œuvres classiques ou romantiques. Et la salle du Théâtre était pleine. (Ouverture des *Noces de Figaro*, *Quintette* pour instruments à cordes et clarinette, de Mozart ; *Symphonie inachevée*, de Schubert.)

Nous terminerons cette rapide revue du Mouvement musical dans l'Eure (dont les éléments nous ont été fournis surtout par M. Collignon, directeur de l'*Industriel*), en rendant hommage à un artiste dont nous avons pu mesurer toute la valeur, puisque nous l'avions choisi comme collaborateur à deux auditions-conférences consacrées à Moussorgsky et à Schubert, données à Rouen par Mme Marie Robert et par nous.

Roger Boucher, né au Neubourg le 13 juin 1885, et mort de la grippe le 20 octobre 1918, avait remporté cinq premiers prix au Conservatoire National de Musique. Il aurait très probablement obtenu le prix de Rome si des raisons personnelles ne l'avaient empêché de poursuivre le concours pour lequel il fut admis à entrer en loge. Il avait succédé à son père, organiste du Neubourg, à la tête de la *Chorale du Neubourg*. Blessé en Champagne en 1915, il acheva la guerre comme chef de musique du 224e. Il composa la *Marche du 224e*, qui fut jouée à ses obsèques et à l'inauguration du Monument aux Morts du Neubourg. Remarquablement doué pour l'exécution comme pour la composition, R. Boucher a succombé aux fatigues de la guerre. C'est une grande pour l'art musical. Et tous ceux qui l'ont connu déploreront la fin prématurée de ce charmant artiste, modeste, désintéressé, si sympathique et sachant tout de son art.

NOTE

Le Cercle Philharmonique de Gisors (soixante-dix exécutants), a célébré la sainte-Cécile (1923) par l'exécution de la *Messe en ut mineur*, de Gounod.

LOIR-ET-CHER

En vain, hélas ! nous avons fait appel aux critiques autorisés de Blois pour obtenir des renseignements précis. Ces hommes charmants et qui nous ont si aimablement accueilli lors de nos deux passages à Blois sont trop occupés. Regrettons-le pour nos lecteurs.

A Blois, Mme la Comtesse de Vienne, mécène de toutes les belles causes, a groupé une phalange chorale de choix dont elle entretient le zèle. Nous lui avons dû, en décembre 1922, l'organisation d'un festival Berlioz au Château de Blois, avec ses *Chœurs mixtes*, dirigée parfaitement par M. Marchand. De très beaux chœurs de l'*Enfance du Christ* et des *Troyens* y furent chantés avec un art des nuances et un sentiment musical remarquables.

Nous savons qu'au Château comme à l'église Saint-Nicolas, ces *Chœurs mixtes* donnent de belles et régulières auditions.

Dans le salon du très aimable M. Dillard, nous avons entendu des amateurs blésois exécuter de belles œuvres; nous avons causé avec de fervents mélomanes, comme le Dr F. Lesueur, et nous gardons de Blois le souvenir d'une exquise petite cité d'art, regrettant de n'y avoir vécu que si peu d'heures.

MAINE-ET-LOIRE (1)

Le Mouvement musical en Anjou est dirigé par la *Société des Concerts populaires;* les groupes de chœurs et l'Ecole municipale de Musique évoluent pratiquement sous son influence. *La Maîtrise de la Cathédrale d'Angers,* avec un autre but et des idées différentes, témoigne d'efforts et de résultats très intéressants.

Nous allons étudier ces manifestations musicales avec la rapidité qu'exige le court espace qui nous est imparti.

En 1913, la *Société des Concerts* était déjà vieille de plus de trente-cinq ans. Elle avait fait ses preuves avec les Jules Bordier, de Romain, Max et Charles d'Ollone et avec tous ceux qu'un amour désintéressé de l'art ont groupé successivement autour de ces chefs. Le comte Charles d'Ollone présidait cette association de souscripteurs qui, malgré les subventions de l'Etat, du Département de Maine-et-Loire et de la Ville d'Angers, comble chaque année de ses deniers le déficit que laissent dix concerts d'abonnement et deux concerts extraordinaires très suivis, très aimés, mais tenus, avec intention, à des prix trop bas pour être rémunérateurs.

Dès lors, les concerts étaient dirigés par M. Jean Gay, qui garde encore aujourd'hui la baguette.

L'orchestre est composé de soixante musiciens : quelques artistes, fixés à Angers par leur goût ou par la situation personnelle qu'ils s'y sont faite, et des instrumentistes engagés chaque année, la plupart fidèles. Il est homogène et bien encadré.

Le comte de Romain, qui avait été si longtemps l'âme et l'animateur de la Société, l'avait dirigée dans un esprit très éclectique, avec le souci de créer des générations d'auditeurs et d'amener ses concitoyens, par des chemins faciles, à la compréhension de toutes les œuvres musicales et notamment de l'œuvre wagnérienne qui était, en ces temps reculés, le sommet et la borne de la musique.

Les d'Ollone ont essayé de suivre, avec habileté, les traditions de M. de Romain; mais le temps marchait et le goût de marcher avec lui a entraîné le comte Charles d'Ollone à des recherches qui se traduisaient, au début de la saison de 1913, par la promesse, pour la campagne projetée, de deux symphonies de Beethoven et d'une symphonie de Schumann. Le reste était livré à l'école moderne, les maîtres consacrés, ceux d'aujourd'hui et aussi ceux de demain. C'était un danger pour l'éducation d'un public assez restreint et qui se renouvelle à chaque génération, sans tradition bien assise. En fait, en 1913, on a donné plus qu'on n'avait promis et l'équilibre n'a pas été détruit; mais dès lors, avec le désir d'agrandir le cadre et l'éclat extérieur des concerts, naissait l'idée de présenter chaque quinzaine une vedette parisienne qui n'a pu être toujours excellente et de magnifier les concerts extraordinaires en les consacrant à l'exécution d'œuvres intégrales qui ont peu à peu absorbé la meilleure part des études de la saison. Ce fut, pour 1913, le premier et le troisième acte de *Parsifal* et *La Passion selon Saint Jean.*

(1) Nous avons eu la bonne fortune de trouver en M. Dufour, le très distingué critique de la *Revue de l'Anjou,* à qui tous les Angevins nous avaient adressé, un rapporteur dont nos lecteurs seront heureux d'avoir fait la connaissance.

12

La guerre a interrompu les Concerts d'Angers. L'œuvre a repris son activité dès l'automne de 1919. Le comte Charles d'Ollone, mort pour la France, fut remplacé à la présidence par le vicomte Olivier de Rougé, autour de qui se sont retrouvés tous ceux qui ont à Angers le culte ou simplement le goût de la musique. L'orchestre s'est reconstitué avec beaucoup des éléments anciens et M. Jean Gay en a repris la direction.

Depuis, le mouvement s'est développé dans un sens qu'il est plus facile d'exposer que de juger.

La musique classique, peu à peu, s'est effacée des programmes. Elle a été remplacée par de ces œuvres dites modernes, déjà consacrées, parfois plus vieillies que les anciens eux-mêmes, ces œuvres intermédiaires qui vont du romantisme de Liszt et de Berlioz au mysticisme de César Franck et à la culture difficile et quelquefois inégale de Vincent d'Indy — et aussi par les musiciens qui luttent aujourd'hui pour ce qu'ils croient être l'avenir de leur art avec l'ardeur, le bruit et voire le scandale qui sont des instruments du combat de chaque jour, plutôt que ceux d'un art épris de mesure, d'émotion intime et de sérénité. Les Concerts d'Angers ont souffert un peu d'une crise d'autorité. M. le sénateur de Rougé a d'autres soins. Parmi ceux qui le suppléent, des musiciens très avertis et très écoutés ont, de la meilleure foi du monde, perdu de vue les raisons éducatives qui sont à la base de l'œuvre; ils se sont laissé aller à cultiver, avec l'instrument mis en leurs mains, leur goût personnel très raffiné, leur désir de recherche, leur dilettantisme. Tout cela sans danger pour eux-mêmes, offre au public et à l'orchestre des périls qui n'ont pas toujours été évités. Ce qui peut se faire à Paris, avec des concerts fréquents, solidement assis sur une base classique, n'est plus possible sur un théâtre aussi restreint sans y mettre le désordre, désordre dans les esprits et quelquefois désordre dans les exécutions.

La multiplicité des vedettes a commandé et émietté une partie des programmes; la nécessité de consacrer beaucoup de temps à l'étude des deux concerts extraordinaires et des travaux modernes si délicats de rythme et tonalité, a fait négliger davantage Haydn, Mozart, Beethoven et l'exécution d'une symphonie classique est devenue chose rare et parfois médiocre.

L'orchestre n'a pourtant rien perdu de sa valeur et son chef, passionné pour son art, se dépense avec un dévouement qui va jusqu'au bout de ses forces et quelquefois au-delà.

Les concerts extraordinaires sont devenus l'événement de la saison, pour ne pas dire la saison tout entière; ils absorbent la vie et la substance de la Société, avec succès le plus souvent; mais cette tendance gauchit peu à peu et déforme la silhouette générale de ce qui était à Angers l'étude et le goût de la musique pure.

Pour ces concerts extraordinaires, on a su grouper autour de l'orchestre une masse chorale qui va certains jours jusqu'à trois cents exécutants. Un vieux choral d'hommes, la *Société Sainte-Cécile*, présidée autrefois par le comte de Romain, puis par M. Lépicier et aujourd'hui par M. le bâtonnier Chesneau, donne son activité et ses loisirs, soixante-quinze chanteurs, quelques petits solistes. Des dames de la ville ont pris la charge d'un choral de femmes, sans cadre officiel, tout de bonne volonté prêt à répondre à tous les appels, mais avec les tâtonnements inévitables à chaque reprise de contact. Il se dépense-là une somme de travail, une flamme d'art, une volonté de durée qui méritent une grande admiration. A ces hommes et à ces femmes, M. Jean Gay a su réunir les enfants de l'Ecole municipale de Musique dont nous parlerons tout à l'heure et avec un tel ensemble que le comte de Romain avait rêvé et qui n'existe nulle part ailleurs en province, les concerts extraordinaires ont pris l'ampleur absorbante que nous avons dite. Ils ont mis au jour, avec éclat, avec succès, avec retentissement des œuvres multiples et considérables et dans leur intégralité : *La Damnation de Faust; La Passion selon Saint Jean; La Passion selon Saint Mathieu;* des actes entiers de Wagner, le *Tannhauser* d'un bout à l'autre ou à peu près, le *Chant de la Cloche*, les *Béatitudes*, la *Croisade des Enfants*, etc...

Tout cela étouffe un peu la sonorité discrète, intime, précieuse, toute en nuances et en mouvements de l'âme que l'on demandait autrefois à l'orchestre symphonique.

Une *Société de Musique de chambre* gravita autour de la *Société des Concerts* et donna, avec le quatuor et quelques artistes de l'orchestre, dix séances chaque hiver. C'est là, dans une ville de province, ailleurs aussi peut-être, la pierre de touche du goût musical. La Société vit malaisément entre quelques passionnés qui voudraient satisfaire leurs fantaisies et des amateurs hésitants, parfois déroutés, insuffisamment préparés aux joies austères de la musique pure qu'on a écartée de leur chemin. En art, tout se tient.

La ville d'Angers entretient une Ecole de Musique, un petit Conservatoire, près de six cents élèves groupés en des cours multiples, solfège, chant, piano, violon, violoncelle, flûte, clarinette, etc... Les professeurs sont pour la plupart fournis par l'orchestre des Concerts qui recrute à l'Ecole quelques-uns de ses petits pupitres. L'Ecole, sous la surveillance d'un Conseil d'administration, a été dirigée longtemps par l'excellent organiste M. Mauger et aujourd'hui elle est aux soins éclairés de M. Foare.

L'Ecole de Musique, *Les Chorals Mixtes* et l'*Orchestre des Concerts* font un ensemble étroitement lié qui donne à Angers des moyens de réalisation puissants. Ils exigent, toutefois, une méthode, une autorité, un équilibre dans la modération qui ne se concilient pas toujours avec la flamme artistique.

Des Sociétés d'Amateurs sont nées qui entretiennent dans le public jeune le désir et le goût des exécutions symphoniques.

Il est impossible, il serait injuste de traiter du Mouvement musical en Anjou, sans parler de *La Maîtrise de la Cathédrale Saint-Maurice*. Depuis 1913, ce groupement a fait des progrès étonnants et a pris un développement inespéré. Sous l'impulsion de son directeur, M. l'abbé Turpault, un musicien de mérite et de volonté, la Maîtrise, presque sans ressources, sans souscripteurs que très récents, a témoigné d'une vitalité qui se traduit aujourd'hui par quatre-vingts enfants élèves de l'école Saint-Maurice, quarante anciens élèves et par surcroît quarante séminaristes, au total cent soixante exécutants, habiles, exercés, avec un goût très pur de la musique d'église à quoi ils sont exclusivement consacrés. La Maîtrise chante chaque dimanche les offices ordinaires. Elle puise son répertoire chez les maîtres du XVe et XVIe siècles et autant qu'il est possible chez ceux des modernes qui, depuis Bach, ont travaillé dans cette voie si étroite d'intention et si large d'exécution.

Le succès de la Maîtrise s'affirme, ses moyens grandissent et son influence déborde l'enceinte de la Cathédrale où elle magnifie les solennités religieuses. C'est comme une résurrection de ce qui était autrefois toute la musique.

NOTE DU RAPPORTEUR

Signalons le succès remporté au Concours littéraire et musical de 1921 que *Le Flambeau Nantais*, Société d'Art et de Littérature, avait ouvert parmi les littérateurs et musiciens de la région de l'Ouest, par Louis Eygel, composition d'origine belge, résidant à Angers, avec son drame lyrique *Le Destin*.

Le poème est l'œuvre de Mme Eygel (pseudonyme : Jean Duval), qui prépare un volume de vers dont le titre sera *Poèmes philosophiques*. L. Eygel n'a pas composé moins de cent vingt-quatre œuvres dans les loisirs que lui laissa le professorat.

Mme Jeanne Cayron-Martineau, élève de Jean Huré, organiste à Angers, compose pour son instrument (Prélude, Carillon, Pâques 1920).

MANCHE

I. — CHERBOURG

M. Micquelot, rédacteur en chef de *Cherbourg-Eclair* et du *Réveil de la Manche*, une compétence dans le domaine de l'Art et plus particulièrement de la Musique, a bien voulu nous adresser cet excellent rapport :

A Cherbourg, la guerre a porté à l'art musical un coup dont on eût cru qu'il ne se relèverait jamais. La vieille Société *La Philharmonique*, dirigée par le professeur Carrara, auteur des opéras ou opéras-comiques *Le Luthier de Crémone*, *La Voix des Chimères*, *Ghita*, etc...; d'excellents musiciens tels que le compositeur Joseph Noyon, de l'école Niedermeyer, actuellement organiste à Saint-Cloud, Henri Magne, pianiste du Conservatoire de Caen, furent mobilisés.

Mais la présence à Cherbourg de nombreux artistes belges pendant les hostilités permit de reprendre les concerts délaissés. Le *Foyer du Soldat*, installé dans le foyer du Grand-Théâtre même, groupa un noyau artistique de réelle valeur. Puis un jeune Cherbourgeois, aussi généreux que zélé, un de ces artistes convaincus qui ont le grand mérite de s'imposer par la sympathie et par l'exemple, M. Maurice Avoyne, fonda une *Société de Concerts* qui porte son nom et qui, chaque année, donna cinq à six auditions des auteurs classiques et modernes, de Beethoven à Debussy. Cherbourg ne s'était jamais vu à pareille fête. Des œuvres nouvelles du grand compositeur cherbourgeois Frédéric Le Rey, auteur de la *Mégère Apprivoisée*, de *Ninon de Lenclos*, de la *Fascinadora*, ces deux derniers ouvrages, récemment composés, nous furent révélés.

Entre temps, à la Salle Magne, de parfaits artistes, Mmes Mayrand, Mellot-Joubert, Latzarus ; MM. Le Boucher, Imandt, etc..., se firent entendre.

Des pièces pour orgue et pour instruments composées par M. Joseph Noyon, le très talentueux élève de Paul Vidal, et par M. P. Allix, furent également créées à Cherbourg. *La Berceuse*, de J. Noyon (pour violon), a fait florès en Amérique, ainsi que sa *Ballade* et maintes mélodies. On doit à ce compositeur un grand nombre de belles pages de musique religieuse.

Des conférences sur les grands courants de l'Art et de la Musique furent faites par les professeurs Pierre Mélèse et Jacques Le Conte, du Lycée de Cherbourg.

Berlioz fut célébré par M. P.-L. Robert de Rouen, Saint-Saëns, par Mlle Suzanne Pezet et Schumann par Mlle Doucet, du Lycée de Jeunes Filles de Cherbourg.

Au point de vue théâtral, aucun progrès. Signalons cependant, en 1921, le *Cycle lyrique Mary Henrion*, qui nous permit d'applaudir les chefs-d'œuvre de l'Opéra français avec le concours des vedettes de la Capitale.

Les Sociétés musicales *L'Union Cherbourgeoise* (cinquantenaire) et *La Lyre du Commerce* ont fait de leur mieux pour combler le vide créé par la suppression des musiques militaires (celle du 25ᵉ régiment d'infanterie de ligne en particulier, dont le chef, M. Goguillot, dirige aujourd'hui la Musique des Equipages de la flotte à Toulon).

C'est à Cherbourg que Jean Cras, capitaine de corvette, natif de Brest, a terminé la partition de *Polyphème*, écrite sur les vers d'Albert Samain et créée au printemps 1923 à l'Opéra-Comique.

M. Albert Micquelot rend compte dans *Comœdia* du 31 décembre 1923 de la création au Théâtre de Cherbourg de *Khadoudja*, tragédie lyrique d'Emile Roudié, musique de Robert Jénoc, et d'une opérette en un acte de M. Payerne, directeur du Théâtre : *Les Fiançailles de Suzette* — dans le numéro du 24 mars 1924, de la création de *La Reine de Golconde*, joyeuse comédie musicale du compositeur Frédéric Le Rey, qui obtint avant la guerre un grand et long succès aux Folies-Dramatiques (thème de M. Mouézy-Eon, paroles de M. Lhoste), et d'une audition-conférence donnée par M. Joseph Noyon consacrée à Barbey d'Aurevilly, à Duparc et à Chausson.

II. — SAINT-LO

M. Pierre Levatois, organiste de Notre-Dame, qui renseigna nos prédécesseurs, a bien voulu nous adresser une longue lettre dont nous extrairons ce qui suit :

« Nos deux Sociétés locales : *Musique municipale; Société Philharmonique* d'une part, *Chorale Saint-Loise* d'autre part, ont traversé une crise, générale d'ailleurs, et ont vu leurs rangs s'éclaircir sensiblement par suite de la mort de plusieurs de leurs membres. Actuellement elles se rétablissent. *La Musique Municipale* (quarante exécutants) et *La Philharmonique* (vingt-huit exécutants) viennent de recevoir un nouveau chef, M. Vivier, ex-chef de musique d'armée, homme modeste et de réelle valeur musicale qui réussira, j'en ai la conviction, à remonter ces Sociétés qui étaient vraiment bonnes avant la guerre. L'ancien chef, M. Valton, s'est retiré pour raison d'âge et de santé.

[Principales œuvres exécutées : fragments de *Déjanire*, *L'Arlésienne*, *Lohengrin*, *Alceste*, *Hérodiade*, *Polonaise de concert*, de Vidal.

Le 24 février 1924 (lendemain de notre conférence sur Berlioz à Saint-Lô), la Musique Municipale donnait son grand concert annuel. Nous relevons sur le programme : *Allegretto de la Symphonie posthume*, de Schubert; *Impressions d'Italie*, trio de l'Oratorio de Noël, de Saint-Saëns; duo d'*Armide*, etc...]

« *La Chorale Saint-Loise*, elle aussi, toujours avec son même chef, M. Baudry, reprend vie. Ces deux Sociétés donnent chaque année à leurs membres honoraires un concert vraiment intéressant tant par les œuvres interprétées que par le choix des artistes.

« Il se fonde aussi actuellement un *Cercle symphonique* qui a choisi comme directeur M. Riou.

[A son premier concert le 16 juin 1923, cette jeune Société fit entendre la symphonie *La Surprise*, de Haydn; la marche du *Songe d'une Nuit d'été*, de Mendelsohn; le rigaudon de *Dardanus*, trois *trios* et *quatuors* de Mozart.

Au second, le 13 mai 1924, *La Cinquantaine*, de Gabriel-Marie; le *Septuor*, de Saint-Saëns; *La Gavotte*, de Bourgault-Ducoudray; la *Symphonie en si bémol*, de Haydn.]

« La *Maîtrise de l'Institut libre d'Agneaux*, sous la direction de M. l'abbé Marguerie, continue de soigner parfaitement bien ses offices tant au point de vue de l'exécution du plain-chant qu'au point de vue des motets religieux qu'elle interprète très bien, si on veut bien noter la difficulté de l'entreprise et le peu de temps dont disposent des jeunes gens et des enfants.

« Je ne vois rien à vous signaler en dehors de ce qui précède, si ce n'est mon perpétuel souci d'exécuter à mon bel orgue chaque dimanche, soit à la messe paroissiale de dix heures, soit à la messe de onze heures quarante-cinq, des œuvres de nos meilleures maîtres anciens et modernes, sans oublier celles de mon professeur E. Gigout. J'affiche chaque semaine mon programme qui ne comporte jamais de transcriptions, mais uniquement des œuvres d'orgue de Bach, Clérambault, Nuffat, Buxtehude, C. Franck, Tournemire, Quef, Widor, Mendelsohn, Guilmant, S. Rousseau, Bonnet, Bœllmann, Dallier, Gigout, Vierne, de la Tombelle, etc... »

M. Levatois se plaint de la rareté des manifestations artistiques dans l'arrondissement de Saint-Lô. Il faut le louer de son zèle hebdomadaire à répandre le goût du beau dans la sphère limitée de la musique d'orgue.

MAYENNE

1913

I. — LAVAL, *Sociétés existantes* :

La Lyre Lavalloise (harmonie) ; *Le Groupe Symphonique* (orchestre) ; *Le Groupe Orphéonique* (chorale mixte) ; *Le Groupe d'Art théâtral*. Sociétés fondées et dirigées par M. Prosper Mortou, auteur-compositeur, qui donne avec elles des séries annuelles de concerts variés. — *La Cigale* (orphéon), directeur M. Le Clerc (Concert annuel à ses membres honoraires) ; *La Société Philarmonique* (orchestre), directeur M. Bienvenu, professeur de violon, premier prix du Conservatoire de Liége (Belgique) ; *Le Rallye-Cor*, directeur M. Duveryer ; *La Fanfare Saint-Michel*, directeur M. Leprètre ; *La Société d'Art dramatique*, directeur M. Cravegny.

II. — CHATEAU-GONTIER

Union Musicale (harmonie) ; *La Fraternelle* (orphéon) ; *La Société Symphonique* (orchestre), dirigées par M. de Schepper, compositeur ; *La Fanfare Saint-Joseph*, directeur M. Chavand.

III. — MAYENNE

Fanfare des Ecoles, directeur M. Mortier ; *Fanfare libre*, directeur M. Refroignié ; *Orphéon*, directeur M. Leroyer.

IV. — PORT-BAILLET

La remarquable *Fanfare des Fondeurs de Port-Baillet*, directeur M. Cossé, quatre-vingt-dix exécutants, classée en division supérieure.

Le département compte encore une douzaine de Fanfares dans les principales localités.

1914-1918

Pendant la guerre, tout est réduit au silence.

Des artistes parisiens, mobilisés, sont affectés dans les garnisons de Laval et Mayenne, d'autres aux hôpitaux militaires de Château-Gontier.

A Laval, M. Mortou, avec les épaves de son *Groupe Symphonique*, organise de grands concerts au Théâtre, au profit des hôpitaux de la Croix-Rouge et des Dames françaises, les artistes présents à Laval lui prêtent leur concours, il fait venir en outre de grands artistes parisiens tels que M. Messager, ancien chef d'orchestre de l'Opéra et artistes de ce théâtre, qui assurent de bonnes recettes pour les blessés en acceptant simplement comme cachet leurs frais de déplacement.

Mayenne et Château-Gontier suivent cet exemple et donnent quelques concerts de bienfaisance dans le même but.

1918-1923

I. — LAVAL

Après la guerre, des Sociétés ne se remontent pas, c'est ainsi qu'à Laval disparaissent *La Lyre Lavalloise* (fondée en 1888) ; les *Groupes Orphéonique et d'Art théâtral* ; *La Fanfare Saint-Michel* ; *La Société dramatique*.

D'autres naissent : *Harmonie Municipale* (avec les débris des autres Sociétés) ; *Le Foyer de la Gaîté* (Musique et Théâtre) ; *Société Sainte-Cécile* (orchestre, qui naît et disparaît en trois ans).

II. — MAYENNE

La Fanfare des Ecoles devient *Fanfare Municipale;* l'*Orphéon* disparaît; *Le Groupe Symphonique et Chorale mixte,* directeur M. Cascaret, se forme et donne des concerts.

Les autres Fanfares du département reprennent vie peu à peu.

L'*Union départementale des Sociétés Musicales de la Mayenne,* fondée par M. de Schepper, se reforme, avec M. de Schepper comme président et M. Mortou comme vice-président.

Laval organise des fêtes avec la *Société des Fêtes de Laval* qui, cette année a organisé le couronnement de la Muse de la Musique et a fait une fête de trois jours avec la muse et le concours de six musiques du département. En voici le compte rendu emprunté à la presse locale :

« Pendant le couronnement fut chantée l'*Hymne à Euterpe,* paroles de M. Félix Leroux, musique de M. Prosper Mortou, deux Lavallois, qui fut écrite spécialement pour cette circonstance.

« M. Mortou la fit exécuter, sous sa direction, par les jeunes filles de l'*Etoile Fémi-nine,* dont il est le président, et par les élèves-maîtres de l'Ecole Normale, dont il est le professeur; il y avait adjoint les voix fraîches d'une vingtaine de jeunes élèves de l'école annexe, ce qui produisit, avec un bon orchestre, composé en majeure partie d'élèves-maîtres, un excellent effet.

« Remarquons, en passant, la bonne impulsion musicale que donne à ses élèves le nouveau directeur de l'Ecole Normale, M. Marot, cette exécution de dimanche en est la preuve; ajoutons encore que la musique du cirque des As-tu-ri était confiée à la *Fan-fare de l'Ecole Normale,* qui y fut très remarquée.

« Ensuite eut lieu l'exécution par trois cents exécutants, sous la direction de l'auteur, M. Mortou, d'un morceau d'ensemble, *L'Hymne triomphal* et, pour terminer, un gra-cieux ballet par un groupe de jeunes filles de l'*Etoile Féminine.*

« M. Mortou, devenu président de Sociétés sportives l'*Union Sportive Lavalloise* et l'*Etoile Féminine Lavalloise,* a introduit le goût de la Musique et du Théâtre dans ces Sociétés et a formé une Chorale de jeunes filles. Il donne avec ces Sociétés des repré-sentations théâtrales et des concerts très goûtés. »

La Société des Fêtes de Laval prépare un grand Concours de Musique pour 1924.

NOTE DU RAPPORTEUR

La Mayenne possède en Prosper Mortou un fervent animateur dont l'âge et la maladie n'ont pas ralenti l'ardeur. « Compositeur de talent et musicographe érudit », comme l'écrivait Samuel Rousseau, il a composé d'excellents chants de guerre : *Petits Poilus, Debout; Le Rêve du Petit Bleu,* publié un précieux petit livre de vulgarisation : *La Musique à vol d'Oiseau,* couronné par la Société Nationale d'Encouragement au Bien, enfin fait représenter un épisode patriotique touchant en vers : *Pour la France.* Lorsque nous sommes passés à Laval, en octobre 1922, il nous avait ménagé, pour illustrer notre Conférence, la surprise délicate d'une fort belle exécution de fragments des *Troyens* et de la *Damnation de Faust.* P. Mortou nous a laissé le souvenir du meil-leur des hommes et d'un musicien de réelle valeur.

ORNE

Le distingué critique d'art d'Alençon, M. Besnard, a bien voulu nous communiquer ces renseignements auxquels nous pourrons ajouter quelques impressions personnelles, Mme Romet et la *Société Philharmonique* ayant eu la délicatesse d'organiser un Festival Berlioz au profit du Musée Berlioz, avec conférence.

D'une façon générale, dans notre région, l'éducation musicale a fait énormément de progrès et l'on peut réussir à intéresser le public populaire à des œuvres de musique sérieuse, même aride.

Sociétés. — A Alençon, la *Société Philharmonique* déjà ancienne (elle atteint son cent vingtième concert), donnait trois concerts par an et s'efforçait de former avec les éléments locaux un orchestre à cordes pour l'exécution de la musique symphonique. Arrêt complet pendant la guerre. En 1919, *La Société Philharmonique* reprend vie et fusionne avec *La Société des Amis des Arts de l'Orne* fondée en 1906, qui poursuivait un but plus étendu : Organisation d'expositions artistiques, de conférences littéraires, de séances de musique de chambre. Très florissante, cette *Société des Amis des Arts* avait donné pendant la guerre, avec un plein succès, des séances musicales et littéraires en faveur d'œuvres de bienfaisance. En 1919, *La Société Philharmonique* l'a absorbée sous le nom collectif de *Société Philharmonique et Amis des Arts de l'Orne.* La Société a donné depuis la guerre deux expositions artistiques avec concerts deux fois par semaine. M. Emile Niverd était depuis trente ans à la tête de *La Société Philharmonique.* Il vient de mourir. Son fils, Lucien Niverd, compositeur brillant, l'a remplacé.

Emile Niverd, qui tenait une place si remarquable dans la vie artistique d'Alençon, avait fondé une nombreuse famille et transmis à ses enfants l'amour de la musique ; plusieurs des principaux pupitres étaient occupés par eux. Nous l'avons entendu diriger avec une ardeur et une compréhension très vives quelques belles pages de Berlioz : la *Marche hongroise*, le *Menuet des Sylphes*, *Tristia*, méditation religieuse, et l'*Hymne à la France*, ces deux dernières œuvres pour chœurs et orchestre, et dans la seconde partie de ce cent dix-septième concert un *Concerto de Hœndel*, les *Scènes pittoresques* de Massenet et des fragments de la *Vie d'une Rose* de Schumann. Programme d'une très belle tenue, on le voit comprenant aussi l'admirable mort de Didon, chantée avec un art émouvant par Mme Francaix, la remarquable cantatrice du Mans, et d'autres excellemment interprétées par M. Guillermet, soliste de la Société. Plus de cinq cents auditeurs remplissaient la salle des concerts, et leur générosité apporta plusieurs billets de cent francs au Musée Berlioz.

La Schola Cantorum de l'Orne, très prospère, qui, pendant la guerre, n'avait pu montrer qu'une activité relative, a repris ses concerts et auditions de musique religieuse, soit dans les salles publiques, soit dans des édifices religieux. Elle se déplace et a donné des auditions à Alençon, Sées, Mayenne, Laval, Evreux, Lisieux, Le Havre. Ses éléments sont composés de chœurs avec des amateurs ornais et des professionnels ou des amateurs pour les solis. L'orchestre est également formé d'amateurs normands. La *Schola* a monté notamment *Le Déluge*, de Saint-Saëns ; *Marie-Madeleine ; Crux*, de la Tombelle ; *Ruth* et *Les Béatitudes*, de Franck. Lors de leur venue au Havre pour l'exécution du *Déluge* et d'œuvres diverses, Jean d'Auray, le critique d'art du *Havre-Eclair*, adressait ce bel éloge à la *Schola*. « Nous leur devons de pures et réconfortantes émotions. Les masses orchestrale et chorale s'imposent par leur sûre et vive compréhension, une discipline souple et ferme à la fois, un goût et un style parfaits et des voix d'une franche sonorité qui ont tour à tour de la puissance et de la finesse. On pourrait, malgré leur nombre plus réduit, renouveler de pareils éloges à l'adresse des instrumentistes. Mais, il faut bien le dire, une grande part de ces louanges revient à celui qui en est l'âme, à M. l'abbé Marais, un musicien éminent qui, avec une large autorité, dirige et anime cette phalange ».

La Société Archéologique et Historique de l'Orne, présidée par M. Henri Tournouer, a pris pendant la guerre l'heureuse initiative d'auditions-conférences très appréciées du public. Depuis 1921, elle donne chaque mois une séance consacrée autant que possible à des œuvres normandes. En juin, M. Maurice Emmanuel a parlé des Musiciens normands et de Gabriel Dupont. Ces manifestations ont un caractère très remarquable de régionalisme. Elles sont très suivies et la série déjà donnée est particulièrement caractéristique et originale.

Nous avons eu, le 22 février 1924, la grande joie de parler de Boieldieu devant une salle entièrement remplie par les membres et les amis de la Société (trois cent cinquante à quatre cents auditeurs), qui apportèrent généreusement 350 francs au Musée Berlioz. Une remarquable cantatrice, Mlle H. Sirbain, l'exquis compositeur A. Pollonnais et le parfait violoncelliste A. Niverd donnèrent un vif éclat à cette soirée dont nous conservons un souvenir ému et délicieux.

Compositeurs. — Charles Bruneteau, d'Alençon. — Œuvres dramatiques : *Circé*, trois parties; *Merlin*, trois actes; *L'Esclave d'amour*, trois actes; *La Belladonna*, cinq actes; *La Fille d'Erwin*, trois actes; *L'Esclave d'amour*, trois actes; *La Verbena*, un acte; *La Rose d'Argent*, trois actes. — Œuvres symphoniques : *Lucerne*, symphonie en quatre parties; *Scènes carnavalesques*, quatre parties; deux *quintettes* pour piano et quatuor à cordes. — Deux poèmes symphoniques : *Les Sirènes* et le *Retour d'Ulysse*. Nombreuses mélodies et motets.

Lucien Niverd qui a remplacé son très regretté père à Alençon, violoniste et compositeur; Œuvres diverses : *Sonate* pour piano et violon, mélodies. Elève de Widor, prix de l'Institut (partagé avec Paul Paray). Le 4 décembre 1921, il faisait un début magistral aux Concerts Lamoureux avec une *Suite symphonique*. A. Pollonnais saluait en ces termes son vif succès : « Au milieu du tumulte et des incertitudes dissonnantes des écoles impressionnistes, un musicien jeune, ardent, ne puisant son inspiration qu'en lui-même, a présenté son œuvre telle qu'il l'a voulue et a conquis le public d'emblée. Nous nous trouvons en présence d'un artiste profondément sincère et épris de son art, devant lequel s'ouvre une belle carrière. Il s'appuie sur les solides et mâles exemples des grands modèles, des maîtres qu'il connaît et qu'il aime, mais il ajoute à son savoir les douceurs et les enchantements d'une inspiration haute et pure. Nous saluons en l'aube de ce talent un maître de demain. Il n'aura qu'à se recueillir, à se pencher sur sa pensée pour trouver des élans d'âme qui seront du charme et de la grandeur ».

De la Tombelle, président de la *Schola de l'Orne*, compositeur connu qui réside souvent dans l'Orne et a pour élève M. l'abbé Marais, directeur de la *Schola*.

Hurel, organiste de Notre-Dame de Clignancourt, né à Alençon.

André Pollonnais est fixé depuis longtemps à Alençon. Il a remporté des succès sur plusieurs grandes scènes. C'est un compositeur d'une très fine sensibilité. Nous avons pu apprécier à deux reprises dans l'intimité du salon de Mme Romet, si accueillant aux artistes, le talent délicat de ce musicien resté si enthousiaste et jeune de cœur; neveu de Jules Cohen, compositeur, professeur au Conservatoire, chef des chœurs de l'Opéra, il a écrit de nombreuses œuvres théâtrales, dont les principales sont : *La Pavane*, ballet-Pantomime créé par Virginia Zucchi au *Lirico* de Milan; *Mirka l'Enchanteresse*, pantomime-ballet avec chant, en deux actes, de Georges Boyer, créé à Paris par la Patti, Sanderson et Albert Lambert, puis joué à Nice par la Patti; *Dolorès*, opéra en deux actes de Georges Boyer, écrit pour la Patti et créé par elle à l'Opéra de Nice. *Dolorès* est, avec *La Velléda* de Lenepveu, jouée à Londres, la seule œuvre d'un musicien français créée par la Patti dans sa carrière; *Suzel*, trois actes, joués au Théâtre-des-Arts de

Rouen; *L'Absent*, un acte, joué à Nice; *Mab*, un acte d'André Sardou, donné par Sandrini à Monte-Carlo; *Le Songe*, deux actes, joués à Nice; *La Martingalle*, ballet donné par Zambelli, de l'Opéra; *Radha*, opéra inédit en trois actes.

André Pollonnais a écrit en outre quantité de mélodies, de morceaux de piano, d'orgue, de violon, et des œuvres religieuses; les principales sont : *Le Grand Amour*, évangile en deux parties avec soli, chœurs et orchestres; *Messe de Mariage*, *Messe de Requiem*.

Orchestre. — *Prélude sur un Chant d'Oiseau* : Attiré sans doute par la musique, un oiseau (que je n'ai jamais pu voir) venait chaque jour régulièrement chanter près de moi, un chant de sept notes, toujours les mêmes, qui me poursuivait encore alors que l'oiseau n'était plus là. J'en ai fait ce prélude. Aussitôt que j'ai eu noté ce « chant « donné », l'oiseau disparut pour ne plus revenir ! J'avais réalisé son rêve musical ! *Eglogue* : Un berger improvise sur sa flûte des appels pour rassembler son troupeau. Celui-ci, comme irrésistiblement attiré par cette griserie de sons, se rapproche peu à peu de son maître, à mesure que le chant devient plus accentué, et le pâtre achève sa phrase dans un éblouissement de notes, disant ainsi, par son inspiration, sa joie de se laisser vivre seul à seul, en face de la nature si belle. — *Appels de Victoire; Fileuse; Chants dans la Montagne; Sérénade* : le jour, la nuit.

Musique de chambre. — Violon et Piano : *Aria*, *Calme dans la nuit* (au souvenir de Fernand Halphen, mort pour la France le 16 mai 1917); *Souvenir; Sonate* : « Dans ce vénérable genre, il est bien difficile — à moins d'avoir en soi « la flamme « dévorante du génie lucide ou inconscient » — de révéler clairement une personnalité forte, même et surtout si l'on en possède. Car n'y risque-t-on pas forcément d'être accusé soit de pasticher telle ou telle école, soit de se cantonner dans une froideur scolastique. M. Pollonnais a peut-être évité le double écueil. Il a choisi sagement et habilement des motifs nobles et agréables et il emploie un style approprié, également éloigné de toutes les intransigeances. Dans le cadre traditionnel, les lignes claires et élégantes maintiennent une apparente simplicité de ton qui n'exclut pas l'attrait d'une écriture parfois très moderne. Modulations ondoyantes, mais disciplinées, caresses mélodiques sans outrance, tout y est répandu à souhait et au bon moment, mais filtré par un goût très latin du dosage. La *Cantilène* et le *Scherzo* forment deux charmantes diversions aux solides trames thématiques des deux *Appassionato* initial et final. Renseignement pratique : l'œuvre n'exige qu'une force moyenne. »   (*Guide du Concert*, 23 novembre 1923).

Violoncelle et Piano : *Sonate* (inédite) ; *Evocation*.

Piano : *Nocturne; En regardant passer l'eau... un soir; Joie du retour; Supplication; Romance sans paroles en mi bémol*.

Pièce d'orgue :

Mélodies : Deux recueils (Sénart) ; *Nuit étoilée; L'Ame des Roses; Aveux; Cette Rose d'hier*, etc...

La plupart de ces œuvres furent exécutées à Paris, salle des Agriculteurs, le mardi 13 juin 1922, par Mᵐᵉ Jeanne Françaix, MM. Yves Noël, Eugène Reuchsel Emile Mendels, Pierre Castel et Alexis Niverd, et le 9 juin 1923 par l'*Orchestre de la Clef de Sol*, sous la direction de M. Fernand Kœchlin, avec le concours de Mᵐᵉ Jeanne Montjovet, de MM. Eugène Reuchsel et Emile Mendels.

Les fêtes célébrées à Alençon en l'honneur de la bienheureuse Thérèse de l'Enfant-Jésus (née en cette ville en 1873), furent l'occasion d'une solennité musicale dont nous empruntons le compte rendu à Hubert Morand (*Journal des Débats*, 5 juin 1924).

« C'est dans l'église Notre-Dame qu'on a célébré l'après-midi la plus importante des cérémonies en l'honneur de la Bienheureuse, l'exécution d'une cantate inédite par la Schola Cantorum de l'Orne. Le livret avait été composé par M. Paul Harel, l'excellent poète normand qui a su si bien traduire, dans ses vers comme dans ses contes en prose, l'âme de sa province. Les aspirations religieuses de Thérèse, sa profession dans l'ordre du Carmel, sa vie au couvent de Lisieux, sa mort et sa gloire, telles sont les divisions de ce poème sacré, où l'on entend tour à tour la voix de la sainte fille, celle de son père, du consécrateur, de la mère prieure, enfin le chœur des hommes et celui des anges : poème très propre à être mis en musique par son charme fluide. Qu'on en juge d'après cette strophe :

> Les souffrances du corps, les tristesses de l'âme,
> De l'Epoux les appels répétés, mais si beaux,
> Font ressembler tes yeux à de lointains flambeaux
> Où palpite un reste de flamme.

« La musique de la cantate, œuvre de M. Ph. Bellenot, maître de chapelle de Saint-Sulpice, est d'une ligne mélodique aimable et gracieuse et d'un développement orchestral très savant ; elle semble parfaitement adaptée au caractère de l'héroïne qui a déjà inspiré, l'année dernière, la délicate *Cantilène pour une jeune sainte*, de M. Maurice Brillant. Quant à l'exécution, personne n'aurait pu se douter que les artistes du chant et ceux de l'orchestre, originaires de différentes villes de l'Orne, n'avaient eu, jusqu'à la veille de la fête, que des répétitions partielles, et que samedi seulement ils avaient pu faire à Alençon une répétition d'ensemble, sous la direction du compositeur, avec quelques solistes venus de Paris. »

SARTHE

Nous n'avons pu, hélas ! — malgré de nombreuses lettres — obtenir des renseignements précis sur ce département où nous avons trouvé en 1922 au *Cercle d'Etudes du Mans* un accueil si sympathique.

L'Association des Artistes Musiciens du Mans a pu reprendre ses quatre concerts annuels qui sont les manifestations les plus marquantes de la vie musicale dans cette région. Nous relevons, dans le *Guide du Concert*, le programme du dernier concert : *Concerto en ut mineur* de Beethoven ; *La Cathédrale engloutie*, de Debussy ; *Le Chariot polonais* ; *La Foire de Sorotchinski*, de Moussorgsky ; *La Danse du feu*, de Manuel de Falla ; chef d'orchestre, P. Oberdœrffer. Il existe aussi une *Société de Musique de chambre*.

L'Ecole Nationale de Musique a pour Directeur un excellent musicien, M. Perlat, qui avait bien voulu, en 1922, faire exécuter l'*Ouverture de la Fuite en Egypte* et la *Marche hongroise*, par un excellent petit orchestre composé des professeurs et des élèves de l'Ecole. Surtout Mme Françaix, une remarquable cantatrice très appréciée à Angers, à Alençon, au Mans, et dans toute la région, accompagnée par son mari, un parfait pianiste, interpréta quelques airs admirables de Berlioz.

M. L'Hermite, archiviste du département, conférencier de talent, fervent de musique, organise de fréquentes manifestations artistiques et Mlle L'Hermitte est une pianiste fort réputée.

C'est tout ce que nous savons du Maine et nous regrettons que ce soit si peu de chose.

Deux exécutions solennelles de *L'Enfance du Christ* ont été annoncées au Mans les 3 et 4 juin 1924, belle initiative dont il faut vivement féliciter tous les Musiciens manceaux.

SEINE-INFERIEURE

Même pour notre département, ce rapport restera fort incomplet. Il est si malaisé de rédiger, après dix ans, une vue d'ensemble du Mouvement musical, que la plupart des critiques musicaux — dont plusieurs sont nos amis personnels — auxquels nous nous sommes adressés ont reculé devant cette tâche.

A Dieppe, l'orchestre du Casino, maintenant dirigé par Armand Ferté, continue à donner des programmes très éclectiques avec des solistes réputés; premières auditions ces dernières années : *Nocturnes*, de Debussy; *Le Tombeau de Couperin*, de Ravel; *Pour une Fête de Printemps*, d'A. Roussel; *La Habanera*, de L. Aubert. Le très distingué critique musical de *La Vigie de Dieppe*, R. Dumaine, suit avec beaucoup d'attention ce mouvement dans ses chroniques hebdomadaires. Conférencier de talent, il fait à Dieppe de l'excellente besogne artistique. R. Dumaine a consacré ces dernières années plusieurs conférences aux grands maîtres de la musique : Bach, César Franck. Tout récemment il donnait avec Mlle Gelin, de la *Schola Cantorum*, une brillante audition-conférence dont nous empruntons le compte rendu à *La Vigie de Dieppe* : « Entre les deux parties de ce récital. M. Robert Dumaine, avocat, a fait une conférence sur les *Poètes du Piano*, parlant plus spécialement de Chopin, Schumann et Liszt. L'exposé de la vie de Chopin lui a permis d'expliquer les œuvres de cet auteur inspirées par l'élégance mondaine, le patriotisme et la mort entrevue; de Schumann, il a retracé les luttes entre le Droit et la Musique et montré que presque toutes les pages écrites par ce musicien pour le piano lui ont été dictées par son amour pour Clara Wieck; de Liszt enfin, il a fait ressortir le caractère objectif de l'œuvre, où se manifestent des tendances purement littéraires.

« On sait que M. Robert Dumaine est un musicographe de grand savoir. Cette nouvelle conférence, d'un tour extrêmement distingué, a montré une fois de plus la sûreté de sa documentation et la justesse de sa critique. » Citons encore le Rouennais Ludovic Panel, premier d'orgue du Conservatoire National de Musique, qui exécute sur son orgue de Saint-Jacques et depuis peu au Sacré-Cœur de Montmartre d'excellents programmes religieux. La Ville de Dieppe a voulu rendre un hommage solennel à la mémoire de Camille Saint-Saëns (normand de fortune), dont la Normandie resta fière et qui a sa statue et son musée à Dieppe (1). Mentionnons les Sociétés suivantes : *Le Rondo*, chorale féminine dirigée par M. Fairbanks, a chanté notamment *La Source*, de Claude Delvincourt, fixé au prieuré d'Hacquemonville à Rouxmesnil-Bouteilles; *Le Cercle Symphonique* et les *Enfants de Wilhelm*, orphéon, dirigés par M. Van Egroo.

A Elbeuf, André Bourdet et Marcel Lanquetuit poursuivent l'œuvre de Gaston Laurent et obtiennent des résultats méritoires. *La Société Chorale* de M. Louvet a chanté *Rebecca*.

A Fécamp, *La Symphonie Amicale* et les *Chœurs mixtes*, dirigés par Lucien Verhaeghen, groupent cent vingt fervents, très zélés. En 1920, ils firent entendre dans les deux églises de la ville la *Messe de Sainte-Cécile*, de Gounod; en 1923, la *Messe de Saint-Rémi;* en 1924, la *Messe de la Délivrance*, de Théodore Dubois. Ajoutons à leur actif l'exécution du *Premier Concerto* de Mendelsohn, des *Arabesques* de Debussy,

---

(1) Nous ne pouvions dans ce rapport sommaire, pour lequel il nous avait été accordé vingt pages, songer à retracer la glorieuse carrière de Saint-Saëns. Revues et journaux lui consacrèrent de longues études. La publication de sa correspondance inédite vient enrichir son œuvre littéraire. (Voir aussi dans la *Revue Musicale* du 1er février et du 1er août 1924 les *Lettres inédites de Lecocq à Saint-Saëns* publiées par G. Lebas.) Emile Baumann, professeur au Lycée du Mans a donné une seconde édition de son ouvrage dithyrambique : *Les grandes Formes de la Musique : L'Œuvre de Camille Saint-Saëns*. Georges Servières a publié un *Saint-Saëns* dans la collection *Les Maîtres de la Musique* (Alcan, 1924).

des ouvertures du *Roi d'Ys*, du *Déluge*, etc..., des *Bohémiens* de Schumann, des fragments de *Céphale et Procris* et l'interprétation de revues locales annuelles de M. Constantin. L'*Harmonie de la Bénédictine* et les *Enfants de Fécamp* ont fusionné en 1920 pour former la *Lyre Maritime*, applaudie à Ostende (Belgique), au Mans, au Havre, etc... Cette Société a le même répertoire que la *Musique Municipale de Rouen*. Chaque hiver elle offre à ses membres un grand concert avec le concours d'artistes de l'Opéra (*Hamlet* en entier, un acte de *Thaïs*, de la *Tosca*).

A Neufchâtel, à Forges-les-Eaux, à Yvetot et dans nombre de petits centres : Symphonies, Harmonies, Fanfares, rivalisent de zèle. La Sainte Cécile 1923 vient d'être célébrée par d'intéressantes auditions. Le *Cercle d'Etudes Musicales* de Bolbec a pu présenter à son public la *Symphonie en ut mineur*.

Les deux principaux centres musicaux sont Le Havre et Rouen.

LE HAVRE

Le Grand-Théâtre du Havre ne possède ni les moyens, ni la subvention du Théâtre-des-Arts. Son jeune directeur, M. Durand, n'a pu réussir à monter *Les Troyens* annoncés plusieurs saisons. Le compositeur Henry Février, originaire de Montivilliers, et dont la famille habite Le Havre, trouve l'accueil le plus chaleureux sur cette scène où défilent des œuvres de valeur fort inégale et le répertoire un peu banal des casinos et des villes d'eaux. La Ville du Havre avait pris, en 1922, l'excellente initiative d'ouvrir un concours entre les compositeurs français. Le prix de la Ville du Havre vient d'être décerné à *Bérengère*, drame musical en trois actes de Ch. Sohy et Marcel Labey (7.000 francs), et au *Cachet Rouge* (d'après A. de Vigny), de R. Lenormand fils pour le livret et R. Lenormand père pour la musique (3.000 francs). Ces deux œuvres seront créées au Théâtre du Havre. On vient d'y donner (novembre 1923), *La plus jolie Fille de France*, de Félix Fourdrain, et de créer avec succès *La Mauviette*, drame normand d'un Havrais Albert Fox (Herrenschmidt), musique de Paul Gautier. H. Woolett écrivait dans le *Journal du Havre* : « La musique s'adapte au texte, le souligne sans le ralentir et sait au besoin l'exalter jusqu'au lyrisme. Il y a là des qualités scéniques qui font bien augurer de l'avenir théâtral de ce compositeur. Les qualités musicales ne sont pas moins évidentes. M. Gautier est au courant de l'art moderne, son écriture s'en est approprié les ressources, il manie les dissonnances et les modulations en musicien qui a approfondi les techniques récentes, mais sans rien de trop agressif, et en respectant les droits de la musique. Son orchestre est traité de façon intéressante. A peine pourrait-on lui reprocher un léger abus des sonorités cuivrées, dans des passages où la parole chantée aurait dû prendre la première place. L'expérience corrigera ce défaut ».

En fin de saison 1924, M. Durand a monté *Stamboul*, d'Edouard Trémisot (voir H. Woolett, *Journal du Havre*, 14 février). Il n'a réussi à monter ni *Bérengère*, ni *Le Cachet Rouge*, inscrites au programme du nouveau directeur, M. Masson, qui, souhaitons-le pour les Havrais, leur apportera moins de promesses et plus de réalisations.

Au Havre, comme à Rouen, auditions et concerts se succèdent pendant la saison d'hiver, mais comme à Rouen ne groupent guère qu'une élite insuffisante. La Société d'enseignement par l'aspect a fort heureusement introduit des concerts dans la série de ses conférences bi-mensuelles. Et cependant, H. Woolett et Louis Revel se dépensent avec une belle ardeur. H. Woolett, critique autorisé, n'hésite pas à secouer le public et les artistes, avec raison, au lieu de prodiguer de vaines louanges. René Lenormand lui a consacré une conférence publiée dans le *Monde Musical*. En la lisant, on admire l'activité de cet homme qui, en dehors de son noble métier de professeur et de critique, donne des conférences à l'*Institut de Musique*, organise des concerts et compose. Il a créé l'*Ecole libre de Musique*, fondé *Le Cercle Moderne*, dirigé la *Société Philharmonique*, écrit une *Histoire de la Musique*, en trois volumes, et un remarquable *Petit Traité de Prosodie*.

Son œuvre musicale, fort importante, comprend des mélodies : *A la Mer*, couronnée dans un concours du *Monde Musical*, *Marceline*, *Simone*, sur un poème champêtre de Remy de Gourmont, « remarquable par la richesse des harmonies, par les qualités expressives de la mélodie et par l'heureux mélange de soli de piano, de morceaux de chant et de récitation, accompagnée de musique, etc... » — des *quatuors* vocaux (chantés aux Concerts Colonne et Lamoureux), — de nombreuses œuvres de musique de chambre : *sonates*, *suites*, *trio*, *quatuors*, un *sextuor et un octuor* inédits, des pièces de piano; des œuvres dramatiques : *La Rose de Saron* (1893) ; *Le Mystère de Saint-Nicolas* (1903) ; enfin, *Les Amants byzantins*, sur un livret de Hughes Le Roux, ouvrage reçu au Théâtre-des-Arts, mais dont la guerre a retardé la création.

Ce grand travailleur est le plus accueillant des hommes; il a trouvé le temps de présider notre première conférence au Havre sur Berlioz et de venir entendre les autres. Nous nous honorons de son amitié et regrettons d'avoir entendu à Rouen si peu d'œuvres de lui.

Un heureux hasard nous a permis d'assister au Havre à une des auditions les plus intéressantes données par Louis Revel et d'admirer les résultats obtenus par lui. Et cependant, nous laisserons la plume à H. Woolett dont le jugement a plus d'autorité que le nôtre :

« La tentative de M. Revel est une des plus intéressantes qui soit. Il nous a doté d'une chorale bien homogène, disciplinée, capable de rendre les plus grands services à l'art musical. Son cours d'orchestre est une pépinière de jeunes talents; grâce à lui nos orchestres pourront assurer enfin leur recrutement. Dès à présent, les meilleurs éléments de ce cours, renforcés et soutenus par quelques bons amateurs et quelques musiciens professionnels, peuvent nous donner des exécutions très satisfaisantes d'œuvres du répertoire classique.

« Le grand attrait de ce concert était la présentation d'une œuvre nouvelle: *La Messe à trois voix* de femmes, de notre éminent concitoyen André Caplet. Rien que cela aurait dû suffire à remplir la salle, si nous avons encore le goût des manifestations artistiques. L'œuvre est originale et forte, elle possède toute l'ampleur et tout le charme désirable, elle est écrite avec une parfaite maîtrise et avec une connaissance approfondie de l'art vocal.

« Elle fut fort bien dirigée par Revel et traduite avec un parfait ensemble, une grande justesse et un excellent souci des nuances par la chorale.

« Et, tour à tour, le *Kyrie*, le *Gloria*, le *Sanctus*, l'*Agnus*, l'*O Salutaris* déroulèrent leurs volutes sonores au style grégorien. La sonorité des voix est exquise; le sentiment religieux très pur et très noble. Toutes les ressources de l'écriture harmonique moderne sont ici mises en jeu, et, cependant, l'effet est archaïque. On a l'impression d'assister à une cérémonie moyen-âgeuse, à l'une de ces messes du XIIe siècle où fleurissaient les vocalises d'un « déchant » qu'on a, peut-être à tort, qualifié de *barbare*, et qui n'était qu'un contrepoint très libre, pas encore entravé dans les règles de pureté qu'échafaudèrent peu à peu les compositeurs du XVe siècle.

« Et cela est très beau, très neuf, très personnel. Et l'auditoire prouva par ses applaudissements le plaisir qu'il prenait à cette musique à la fois très raffinée et *très simple*. Le délicieux *O Salutaris* fut bissé à la demande générale. »

Le 25 novembre 1923, la *Société de Propagande Musicale*, qui donne chaque hiver sept à huit séances, confiait à H. Woolett le soin de parler d'André Caplet, dont il fut le guide autorisé. Après avoir passé en revue ses œuvres : la cantate *Myrrha*; un *quintette;* des *lieder* plus lyriques que ceux de Debussy; notamment, *Description champêtres* (d'après R. de Gourmont) ; *Pour un Soldat porté disparu* (d'après Mme Henriette Charasson) ; les *Prières,* la *Messe,* tout un ensemble rénovant le chant grégorien; les *Ballades françaises* (d'après Paul Fort), dont la formule est complexe et rare, et aussi les œuvres symphoniques également dignes d'une haute estime, H. Woolett loue chez A. Caplet « la conscience des limites du goût musical, le discernement dans l'indépendance, le choix habile des procédés ». Puis lecture fut donnée d'une conférence de M. René Lenormand sur M. Woolett, dont on exécuta plusieurs œuvres : un *Sextuor,* dédié à la mémoire de Raoul Pugno, professeur vénéré.

Le premier mouvement, l' « allegro non troppo », est d'une écriture à la fois classique et moderne et procède d'une conception très personnelle : le « poco adagio » comporte de jolis motifs pour violons; l' « allegro vivo » constitue une tentative originale et suggère, par son chahut descriptif, une folle fête carnavalesque; quant à l' « allegro » final, il est assez traditionnel, tout en affirmant une inspiration nullement banale.

Les qualités du compositeur sont encore sensibles dans cette agréable *Pastorale norvégienne,* où le chant du hautbois se mêle délicieusement à celui du violoncelle et qui ne cesse d'avoir une simplicité pittoresque et plaisante. De telles séances ne sont-elles pas d'excellentes manifestations régionalistes ?

André Caplet a terminé cette année les œuvres suivantes :

Epiphanie, fresque musicale pour violoncelle et orchestre (Maurice Maréchal), jouée aux Concerts Colonne (décembre 1923), vivement critiquée par les uns, considérée par d'autres comme remarquablement originale et hardie dans l'emploi du violoncelle. *La Mort des Pauvres* et *La Cloche fêlée,* poèmes de Baudelaire (Mme Balguerie). *Conte fantastique* pour harpe et quatuor à cordes (Mlle Micheline Kahn et le quatuor Poulet).

Son *Miroir de Jésus,* quinze poèmes sur les *Mystères du Rosaire,* d'Henri Ghéon, pour mezzo, quatuor à cordes, harpe et neuf voix d'accompagnement en chœur, interprétés le jeudi 1er mai 1924 au *Théâtre du Vieux-Colombier,* par Mme Croiza, orchestre et chœur, sous la direction de l'auteur, a déchaîné l'enthousiasme de la critique. Maurice Brillant, au *Correspondant* (1er juin 1924), en a poétiquement démontré la beauté mystique, ainsi qu'Emile Vuillermoz, dans l'*Excelsior* du 5 mai, dont nous détachons ces quelques lignes : « Le *Miroir de Jésus* demeurera dans l'œuvre de Caplet une page capitale. Jamais ce parfait technicien n'avait si magnifiquement dominé son sujet et n'avait discipliné avec autant de raison son inspiration fiévreuse. Là, tout est calme et beauté. Et cette beauté n'est pas parnassienne. Si les charmants *concetti* d'Henri Ghéon ne vous tirent pas les larmes des yeux, cette musique possède une force émotive à laquelle il est impossible de résister. Il faut que cet important ouvrage sorte maintenant des salons et des cénacles pour aller répandre dans la foule la bonne parole et prêcher partout l'évangile de la bonne musique. De cet évangile, Mme Croiza fut la prophétesse inspirée. Et sa prédication fut si persuasive que les infidèles et les mécréants furent immédiatement touchés par la grâce. »

La *Société de Propagande Musicale* compte à son actif un triomphe récent : l'exécution au Grand-Théâtre du *Roi David,* d'Honegger (voir H. Woolett, *Journal du Havre,* 27 mai 1924). Ce compositeur, déjà célèbre, est d'origine suisse, mais il est né au Havre où il a vécu toutes ses années d'enfance et de jeunesse. Il figure dans la galerie des quinze Musiciens Français délicatement portraiturés par André Cœuroy : *La Musique Française moderne.*

La *Lyre Havraise* reprend enfin ses belles traditions par un premier concert en avril 1924. Jean d'Auray (*Havre-Eclair,* 4 avril), loue « la vigueur et la netteté des attaques, l'ampleur et la sonorité des ensembles, en même temps qu'un visible désir d'une traduction juste et un louable souci des nuances », dans *Chanson des Vagues*, de F. Riga, et *Le Festin*, de Laurent de Rillé.

La Maîtrise Notre-Dame, sous la direction du Maître de Chapelle, l'abbé Hazard, interprète *Rebecca* « de façon superbe, avec une belle tenue musicale, justement et vivement remarquée », nous dit Jean d'Auray (*Havre-Eclair*, 31 mars 1924).

La Société Philharmonique du Havre, dirigée par F. Dutercq, fait entendre des œuvres classiques, avec le concours de virtuoses. *Les Concerts populaires*, de L. Revel, retrouveront sans doute, avec le temps, leur belle activité d'avant-guerre. *La Société de Propagande Musicale* organise de nombreuses séances de Musique de chambre. Parmi les organistes, il faut citer : MM. Auvray et Martin (Saint-Michel).

Faute de renseignements plus détaillés, nous aurons pu, du moins, rendre hommage à André Caplet, à H. Woolett et à L. Revel qui, de Rouen, nous semblent les plus actifs apôtres de la Musique au Havre. Que leurs émules, sans doute nombreux, nous pardonnent d'ignorer l'œuvre accomplie par eux.

ROUEN (1)

Les effets de la guerre et de l'après-guerre ne se sont pas trop fait sentir dans la vie musicale rouennaise. Toutefois, les exigences des musiciens syndiqués, rendent presque impossibles les grandes manifestations chorales et symphoniques d'autrefois, constatation douloureuse. Toutes les Sociétés se sont trouvées atteintes par des deuils, elles ont perdu l'entraînement acquis, les nouveaux venus trouvent plus à apprendre que leurs aînés. La même crise, d'ailleurs, s'est fait sentir partout. Néanmoins, la musique a vite reconquis sa place dans les plaisirs de l'esprit. Rarement, même période fut plus brillante que celle des dernières années à Rouen ; d'innombrables concerts nous furent offerts par les grands orchestres de Paris, des chœurs étrangers, des quatuors, des virtuoses de toute sorte, par toutes les agences et surtout l'agence Montpellier. Nous n'avons d'ailleurs pas à

(1) Nous laissons à ceux qui affectèrent de nous ignorer, lorsque nous étions Critique des Concerts au *Journal de Rouen* (de 1909 à 1914), le soin de faire présenter leur rapport aux Assises de Caumont par un de leurs critiques spéciaux, car il en ont changé !

Nous ne voulons faire ici rien qui ressemble à de la polémique, ni raviver des querelles musicales que la Grande Guerre apaisa. Toutefois, nous ne pouvons laisser sans réponse une lettre parue dans le dernier numéro d'une grande revue musicale française, à laquelle nous avons collaboré : cette revue, publiée en Belgique, fut pillée par les Boches et disparut avec son fondateur, tombé glorieusement au Champ d'honneur.

N'ayant reçu le dernier numéro qu'en 1924, il nous fut bien impossible de faire à cette lettre la réponse qu'elle méritait. Nous ne voulons ni emprunter à l'auteur de ce factum son vocabulaire, ni l'accabler d'une ironie trop facile ; des événements faciles à prévoir l'ont assez cruellement puni d'avoir méconnu les droits de la critique sérieuse et d'en avoir préféré une autre. Nous maintenons catégoriquement les termes de notre premier article et nous opposons un démenti formel à sa lettre. Qu'il ne nous oblige pas — dans son intérêt même — à mettre les points sur les *i*.

Ce sont là, sans doute, les petites joies de la critique ! et l'on nous en voudrait pas de ne pas faire toute la publicité qu'il mérite à ce petit billet, qu'un autre modeste eût la surprenante attention de nous apporter lui-même, au cas où nous aurions eu le malheur de perdre sa visite, si délicate et si désintéressée, évidemment. Le voici, dans toute sa saveur :

« M. X...., qui n'a pas l'habitude de courir après les compliments (? !), n'en a pas « moins lu avec une surprise plutôt peu agréable l'article de ce matin. Si M. Robert veut bien « s'y reporter, il y remarquera que le nom de M. X... s'y trouve cité au passage, sans aucun « de ces adverbes ou adjectifs de courtoisie qu'on accorde aimablement aux non-valeurs. « C'est trop — on aurait pu se taire tout à fait — ou trop peu, car, de cette attitude de « M. Robert, les lecteurs sont autorisés à conclure que M. X... s'est tenu un peu au-dessous « des non-valeurs. Est-là ce qu'a voulu faire entendre M. Robert ? ? ? Le fait n'en est pas « moins quelque peu désobligeant. »

L'éloquence de ces trois points d'interrogation a bien son prix ! Ajoutons d'ailleurs, à l'honneur des très nombreux artistes, dont nous avons eu à parler depuis 1906, que ce sont à peu près les deux seules pièces de nos dossiers de critique à classer dans la série : « Autogobistes irascibles ! »

nous en occuper spécialement dans ce rapport, sinon pour nous réjouir de leur venue à tous.

Pour le grand public, le centre de la vie musicale rouennaise reste sans doute le Théâtre-des-Arts, dont la bonne réputation se maintient en dépit de crises fâcheuses. Nous y aurons entendu ces dix dernières années *Tristan et Yseult, Les Troyens, Pelléas et Mélissande* et c'est quelque chose pour la province. Au lendemain de la guerre, alors que le Théâtre d'Angers se trouvait transformé en salle de cinéma, qu'à Lyon et à Montpellier, par exemple, on entendait surtout de l'opérette, que dans toutes les grandes villes, au cours de nos tournées de conférences, nous pouvions constater la situation navrante des meilleures scènes, à Rouen, notre excellent ami Bernard Masselon (co-directeur avec Malausséna), témoignait d'un zèle admirable et qu'aucun échec ne rebutait. Il avait compris le devoir de réhabiliter l'œuvre dramatique de Berlioz, monté le premier en France *Les Troyens*. Il préparait la création de *Benvenuto Cellini* et projetait de donner une semaine Berlioz comme on le fit... à Carlsruhe et à Munich avant guerre. Ensemble, fraternellement, nous avions mené le bon combat Berliozite. Sa mort prématurée, après huit mois de direction qui avaient rétabli la bonne renommée du Théâtre-des-Arts, fut pour nous un véritable coup. Soucieux de nous offrir de belles œuvres modernes comme *Marouf*, il fit aussi de l'excellente décentralisation en créant *Ninon de Lenclos*, de Mainguencau ; *Au Bal du Roy*, poème et musique du compositeur Raymond Chanoine-Davranches, aimable conte dont la donnée rappelle *Cendrillon*, d'une élégance et d'une distinction bien françaises où l'on goûta surtout les jolies danses du bal du roi au second acte. Le nouveau directeur, M. Chabance, au cours d'une première saison fort brillante vient de monter *Pelléas et Mélissande, Tarass-Boulba* et le séduisant *Antar* de Gabriel Dupont créé à l'Académie Nationale de Musique. La dernière saison a vu se succéder : le *Hulla*, la *Habanera*, la *Mégère apprivoisée* et plusieurs spectacles de ballets.

Le Théâtre-Français, renonçant à la comédie depuis la guerre, fait défiler les opérettes à succès. jeunes ou vieilles. Au compte décentralisation de M. Strélisky, avec une saison d'art normand dont nous parlons ailleurs, il faut inscrire trois spirituelles revues de J. Yveline, l'*Elixir de Maître Eloy* du même auteur pour le livret et du chef d'orchestre G. George pour la musique, et surtout un charmant opéra-comique *Richard sans peur*, dont R. Pinchon emprunta le sujet à son propre théâtre et dont la partition est due à la collaboration de G. George et de R. Chanoine-Davranches.

R. Chanoine-Davranches, dont il ne faut pas oublier de rappeler la remarquable intelligence comme chanteur (nous avons pu l'apprécier dans un concert consacré à Berlioz, pour lequel il voulut bien nous prêter son précieux concours avec Mme Marie Robert, MM. Cochera et de Trévi, les deux parfaits ténors du Théâtre-des-Arts), obtint aussi un vif succès à Nîmes avec son opéra *Dalah*, que nous ne connaissons malheureusement pas. Des critiques autorisés félicitèrent la direction d'avoir monté cette œuvre que nous souhaitons entendre au Théâtre-des-Arts.

Au point de vue dramatique, Rouen conserve donc sa suprématie. Sa part n'est pas moins considérable dans le domaine de l'art religieux. La *Maîtrise Saint-Evode*, forte de traditions séculaires, remarquablement dirigée de 1881 à 1911 et pendant la guerre par le chanoine Bourdon, depuis sous l'excellente autorité de l'abbé Bénard, et depuis septembre 1923 de l'abbé Mignot, en possession d'un riche répertoire de musique ancienne et moderne, donne un magnifique éclat aux cérémonies de notre Cathédrale. La brièveté de ce rapport ne permet pas de longues énumérations. Signalons au moins, parmi les œuvres normandes exécutées ces dernières années. l'*O Salutaris*, de Marcel Dupré ; le *Tantum ergo*, de R. Bréard ; le *Tantum ergo*, de M. Lecacheur, et la *Missa Brevis*, de R. de Montalent, compositeur toujours actif qui, dans sa retraite de Forges-les-Eaux, prépare un opéra, écrit des mélodies et de la musique de chambre. Si la *Maîtrise Saint-*

Evode a dû renoncer aux grandes auditions annuelles avec chœurs et orchestre énumérées dans les précédents rapports, elle a célébré le centenaire de Cécar Franck par un festival où fut présenté un très heureux choix des plus belles pages chorales du grand artiste chrétien. Surtout, elle a interprété avec une pieuse ferveur la cantate composée par le chanoine Bourdon : *A la Gloire de Dante (Dantis Altissimi Laudes)*, sur un poème de René Herval. Le 27 juin 1922, dans la salle du Théâtre-des-Arts, tous les amis de la Maîtrise et de la musique s'associèrent à l'hommage solennel rendu à Dante et à son panégyriste. Ce fut une manifestation unanime et touchante de sympathie pour le Supérieur de la *Maîtrise Saint-Evode* qui tint une place si éminente dans la vie artistique rouennaise. Le compositeur avait trouvé dans sa foi et dans son art des inspirations dignes du sujet. On admirait dans cette œuvre une fois de plus son sens mélodique, l'élégance des lignes vocales, la distinction de l'écriture, et cette grâce qui brillait, surtout dans l'évocation du Paradis. A. Haumesser dirigeait l'œuvre dont la partie de récitant avait été confiée à Jean Reder. Cette soirée comptera dans l'histoire de la Maîtrise. Le *Te Deum* de la Victoire, exécuté solennellement à la Cathédrale de Rouen, le 11 novembre 1923, sous la direction d'A. Haumesser, a produit une profonde impression. Le chanoine Bourdon a résumé sa longue expérience de maître de chapelle dans un *Essai pratique de rythmique grégorienne* où il exposa la théorie mensuraliste.

La *Maîtrise Saint-Evode* s'enorgueillit du plus brillant de ses élèves Paul Paray, (du Tréport), aujourd'hui successeur de Camille Chevillard et l'un des premiers chefs d'orchestre français, de l'avis de toute la presse qui a salué son élection avec enthousiasme. Rouen a eu la bonne fortune de réentendre sous sa direction, avec l'orchestre Chevillard et toutes les Sociétés chorales de Rouen réunies, son bel Oratorio de *Jeanne d'Arc*, interprété pour la première fois en 1913. La cantate qui lui valut le Grand-Prix de Rome en 1911, *Yanitza* fut interprétée à Rouen par Mme Marie Robert, MM. Pascual et Dupont, au profit des compagnons de captivité du camp où P. Paray fut interné toute la guerre. Sa remarquable *sonate* pour piano et violon, un *quatuor* à cordes et quelques mélodies, œuvres relevées dans divers programmes, nous ont permis à Rouen de suivre d'un peu loin le développement de cet artiste qui compte parmi les mieux doués de la jeune génération. Aux Concerts Lamoureux, *Artémis troublée*, suite symphonique en cinq parties; une *Fantaisie* pour piano et orchestre obtinrent un accueil chaleureux. L'Opéra a monté cette saison le ballet *Adonis troublé*.

J. Hœlling, organiste de Notre-Dame, donne chaque hiver plusieurs auditions de musique religieuse à Saint-Sever, à Saint-Vincent, à Saint-Godard. Sous sa direction, *La Gamme* a surtout repris des œuvres déjà exécutées avant 1913 : *Saül, Rédemption, Le Déluge, Les Béatitudes, Elévation*, etc...

En juin 1922, l'*Accord Parfait* célébrait ses noces d'argent par un festival César Franck-Bach, affirmant ainsi le double culte qu'il a pratiqué depuis sa fondation, tout en montrant l'éclectisme le plus large dans le choix des chefs-d'œuvre inscrits à son répertoire. Ces deux dernières années, il nous a révélé, en deux auditions, l'*Oratorio de Noël* de Bach, avec cette ferveur et cette maîtrise dont il a donné tant de preuves sous la direction de son sympathique chef Albert Dupré. La plus récente audition de l'*Accord Parfait* coïncidait avec d'autres noces d'argent, celles de Marcel Dupré, comme organiste de Saint-Vivien dont il devint titulaire à l'âge de douze ans. Depuis cette date lointaine, Marcel Dupré, au cours d'une carrière bien connue, s'est placé au premier rang des organistes français. Les dix récitals du Trocadéro où il exécuta de mémoire l'œuvre entière de Bach pour l'orgue devant l'élite des professionnels et du public restent un exploit unique. M. Dupré a fait des tournées triomphales par toute la France, en Espagne, en Angleterre et ces dernières années en Amérique. Il sert admirablement la propagande française. A la veille de la guerre, il remportait le grand prix de Rome avec *Psyché*, exécutée sous sa direction au Théâtre-des-Arts en 1920. Il a écrit déjà de nombreuses œuvres de musique vocale ou instrumentale, d'une science consommée, dont trois remarquables *Préludes et Fugues* pour orgue et des *Vêpres de la Sainte-Vierge*, interprétés par lui à Rouen. L'*Accord Parfait* et son orchestre ont fait entendre à Saint-Vivien une partie de son *De Profundis* qui impressionna fortement l'auditoire par sa science et sa vigueur. Cette œuvre fut exécutée le lundi saint 1924 à Paris avec le concours de l'*Accord Parfait*.

Parmi les nombreuses manifestations organisées par l'*Accord Parfait*, dévoué à toutes les causes artistiques, mentionnons au moins l'Assemblée de Charité en mémoire de Maurice Lecacheur, un Rouennais mort tout jeune, qui laisse plusieurs œuvres de musique de chambre, des *mélodies* et des *motets*, dont un *Ave Maria* et un *Tantum ergo* d'une inspiration distinguée.

La *Cæcilia*, qu'avait fondée M. Haut, est malheureusement disparue. La *Chorale Boieldieu* se fait entendre soit avec la *Musique Municipale*, soit avec l'*Harmonie de Rouen-Saint-Sever*. A la suite des deux magnifiques Fêtes du Peuple données sous la direction de l'ardent A. Doyen, au Cirque de Rouen, il s'est produit un mouvement analogue très intéressant et la chorale enfantine comme les chœurs exécutent à la Bourse du travail de temps à autre de belles œuvres. On ne saurait trop applaudir à cette démocratisation des chefs-d'œuvre au profit du goût. Dans les établissements d'enseignement public se développe aussi l'amour de la musique et récemment on put entendre au Cirque une masse importante de jeunes filles et de jeunes gens chanter d'admirables pages vocales des Maîtres dans un concert de bienfaisance. Le troisième acte du *Tannhauser* et de chœurs de *Castor et Pollux* ont été exécutés en avril 1924 par les mêmes éléments sous la direction d'A. Haumesser. Le *Cercle Lyrique*, plus spécialisé dans la revue locale (*On remet ça*) et l'opérette, vient de célébrer brillamment (9 décembre 1923) ses noces d'argent avec le concours de Mlle Demougeot, de MM. Delmas et Dorival. Il s'est distingué au concours de Nice.

Le manque d'une Société de concerts comme celles d'Angers ou du Mans se fait cruellement sentir dans notre ville. Le *Cercle Symphonique*, vigoureusement repris en main par A. Haumesser, assura l'exécution des œuvres du chanoine Bourdon. Il réussit chaque hiver à établir un programme intéressant d'œuvres classiques et modernes. On peut ne pas partager les idées musicales d'A. Haumesser qui écrivit sur les *Troyens* un article au moins regrettable et injuste — pour ne pas dire plus — mais on doit bien volontiers rendre hommage à sa conscience artistique. Voici les principales œuvres dirigées par lui : *Symphonie Rhénane, Siegfried-Idyll, Pelléas* (Fauré), *Rhapsodie d'Auvergne*, 2e *Symphonie* de Beethoven, la *Procession nocturne*, les ouvertures du *Roi d'Ys*, d'*Egmont*, de *Ruy Blas*.

L'orchestre du Théâtre-des-Arts, après une manifestation déplorable de mauvaise humeur contre les orchestres Colonne et Lamoureux qui s'étaient permis de venir à Rouen, a pris une plus sage décision, celle de constituer une *Association des Concerts Symphoniques Rouennais*. Les deux premiers concerts permirent de réentendre dans des conditions très honorables des œuvres connues.

Le *Cercle Musical* groupe sous la baguette de M. Hatay une soixantaine de bons amateurs capables d'interpréter des œuvres intéressantes.

La *Musique Municipale* s'est couverte de gloire dans les concours de Dieppe et de Bernay. A l'occasion de son vingt-cinquième anniversaire, M. Schmidt offrit deux soirs consécutifs, au *Théâtre-des-Arts*, un heureux choix d'œuvres normandes : la *Psyché*, de M. Dupré, dirigée par l'auteur, des œuvres de Maurice Le Boucher, maintenant directeur du Conservatoire de Montpellier, d'André Caplet, de G. Sporck, excellente initiative que l'on souhaite voir imitée.

Le groupement *Art et Charité*, dirigé par Mme Bignou et Mlle Louise-Violette Bignou, a représenté *Véronique* et *Les P'tites Michu*.

L'exemple de Marcel Dupré fut salutaire aux jeunes organistes rouennais : H. Beaucamp a donné l'exécution intégrale des œuvres de Vierne et de Franck, M. Lanquetuit des récitals Bach et Mendelsohn. A leur orgue, A. Dupré, H. Beaucamp, J. Hælling, M. Lanquetuit, A.-M. Lamy et d'autres font écouter des programmes de choix par un public de plus en plus nombreux.

La musique de chambre cultivée par d'assez nombreux amateurs offre trop peu de chances de succès pour permettre l'organisation de séance régulières. Le quatuor Krettly en donna un certain nombre. Mmes de Leotard et Maria de Bergevin, Mlles Anne Delaquérière, Marcelle Roger, MM. G. Fayard, A. Hême, M. Lanquetuit, R. Godier, A.-M. Lamy, avec le concours d'artites parisiens ou seuls, ont fait des efforts louables.

Les récitals de chant donnés par Mmes Marie Capoy et Marie Robert sont devenus malheureusement fort rares. Mme Capoy, qui s'est dépensée sans compter pour les œuvres de guerre, est revenue parler de Beaumarchais, Rossini et Mozart avec ce goût délicat dont elle a donné tant de preuves comme conférencière et comme cantatrice. Mme Marie Robert, victime de son dévouement pendant la guerre n'a pu faire entendre que *Yanitza*, de Paul Paray, et les belles pages de Berlioz. Nous avons dû poursuivre notre croisade pour le Musée Berlioz seul ou avec des concours locaux, donnant ainsi, de 1920 à 1923, cent vingt-cinq conférences par toute la France (et en Espagne). Mme Marie Robert n'a pu prendre sa part qu'aux auditions-conférences de Montpellier, Toulouse, Paris et Evreux.

La *Société des Artistes Rouennais* a repris ses séances musicales et littéraires, toujours soucieuse de mettre en valeur les artistes normands : G. Sporck, René Doire et Mme Marcella Doria y donnèrent des concerts remarqués.

A la liste des compositeurs déjà cités : le chanoine Bourdon, Paul Paray, Marcel Dupré, R. de Montalent. G. Sporck, R. Doire, M. Lecacheur, Frédéric Le Rey, il faut ajouter Mlle Louise-Violette Bignou, récompensée dans plusieurs concours, Robert Bréard (de Boisguillaume), premier prix d'harmonie, premier second grand-prix de Rome en 1923; il a dirigé l'orchestre de la belle tournée musicale française qui obtint un si grand succès dans l'Amérique du Nord en 1920; il a composé un *quatuor*, des *sonates* et, d'après Villeroy, la *Légende de Sainte-Geneviève*, poème lyrique en trois actes; J. Hælling, Edgar Letellier qui a publié des *mélodies* chez *Eschig*; Adolphe Thieulin, dont les *motets* et les *mélodies* restent encore inédites; Villette, Stalin, Maurice Desrez, qui donne chaque hiver à Paris une exécution de ses œuvres et des conférences; R. Lesens, dont l'opérette *Pi mé itou* s'est jouée par toute la Normandie et qui dirige depuis quinze ans à Paris *Le Triolet*, cercle symphonique de la rive gauche; le jeune Vallier, disparu jeune encore pendant la guerre.

Les conférences dont nous avions pris l'initiative à Rouen en 1906 se sont trouvées arrêtées par les circonstances : ainsi que celles de Mme Capoy. Au Havre et surtout à Paris, H. Woolett poursuit son remarquable enseignement. Le troisième volume de son *Histoire de la Musique* a pu paraître enfin. Le *Monde Musical* publie la plupart de ses causeries sur les musiciens contemporains. A. Dieppe, R. Dumaine, lettré et musicien délicat, a parlé de Beethoven et de C. Franck avec une rare compétence. G. Jean Aubry donne un peu partout des auditions-conférences; la plus récente est consacrée aux enfants dans la musique. Il avait publié en 1916, avec préface de G. Fauré, un volume de conférences intitulé : *Musique française d'aujourd'hui*. Dans un second volume : *La Musique et les Nations* (1922), il passe en revue les musiciens d'aujourd'hui, d'Espagne, d'Italie et d'Angleterre après avoir étudié des maîtres comme Liszt et Chopin (voir *Revue Musicale*, 1er juillet 1922).

Deux Rouennais ont voulu donner une suite à l'ouvrage si utile de Bouteiller. Vauclin, receveur municipal, a recueilli et déposé à la Bibliothèque municipale tous les éléments de ce travail. H. Geispitz a rédigé pour la période 1882-1912 l'*Histoire du Théâtre-des-Arts*. C'est un ouvrage fort précieux et qui fut justement loué par Adolphe Jullien dans son feuilleton du *Journal des Débats*.

Nous avons pu, grâce à la *Société libre d'Emulation*, achever la publication d'une importante *Correspondance inédite de Boieldieu*, éparpillée dans cinq grandes revues :

Première partie. — Du voyage en Russie à *La Dame Blanche* (*Rivista Musicale Italiana*, 1er fascicule de 1912) ;

Deuxième partie. — *La Dame Blanche* (*Rivista Musicale Italiana*, 3e fascicule de 1915) ;

Troisième partie. — *Les Deux Nuits* (*Bulletin de la Société libre d'Emulation*, 1913) ;

Quatrième partie. — 1830-1834 (*Bulletin français de la Société Internationale de Musique S. I. M.*, novembre et décembre 1909, et *Revue française de Musique*, 15 mai 1912).

Notre Bulletin de 1915 contient une vue d'ensemble de cette correspondance pour la publication de laquelle nous n'avions pu très naturellement — puisqu'il s'agit d'un Normand illustre — trouver l'hospitalité d'aucun journal ou d'aucune revue en Normandie.

Nos conférences sur H. Berlioz ont paru en 1914 dans notre Bulletin. Celle sur les *Troyens* fut éditée en brochure en 1920. Henri Poidras, violoniste-expert, a publié cette année un *Dictionnaire des Luthiers anciens et modernes* (voir G. Dubosc : *Journal de Rouen*, 3 juin 1924), illustré de trente-sept planches et de la reproduction de quatre cent soixante-dix étiquettes, comprenant une bibliographie des ouvrages relatifs à la lutherie et une table des noms propres. Cet ouvrage rendra les plus grands services aux professionnels, aux auteurs et aux collectionneurs.

Henri Dupré publie en ce moment dans le *Ménestrel* (juillet-août 1924), sous le titre : *Une grande méconnue*, une étude extrêmement fine et personnelle sur la musique anglaise. Nous savons, d'autre part, qu'il prépare un recueil d'airs choisis de Purcell dont ces articles formeront sans doute l'introduction.

CONCLUSION

Que conclure de ces témoignages des collaborateurs autorisés qui voulurent bien apporter à ce rapport une précieuse contribution ? S'il y a nettement régression au Théâtre où triomphent l'opérette et le répertoire le plus fâcheux, le goût musical n'a pas diminué. Les Sociétés symphoniques et chorales sortent de la crise assez grave qu'elles ont traversée et reprennent leur élan, mais il leur reste encore beaucoup à faire. Deux exécutions récentes, compromises il est vrai par l'insuffisance manifeste de certains solistes, prouvent que les résultats d'après-guerre ne peuvent encore être comparés à ceux d'avant-guerre. La formation musicale des compositeurs, des organistes, des pianistes, des virtuoses, des professeurs de musique est très supérieure à ce qu'elle était il y a quarante ans. L'esprit syndicaliste constituerait bien un danger : nous n'avons pu de ce fait organiser à Rouen une exécution de *Roméo et Juliette* et de la *Symphonie funèbre et triomphale* d'H. Berlioz pour laquelle nous avions cependant déjà obtenu de nombreux concours gracieux de Sociétés.

Le public préfère *Phi-Phi* aux *Troyens* ou à *Lohengrin* et ne se dérange guère pour les concerts qui n'offrent pas l'attrait d'une grande vedette. C'est un fait. Mais le public parisien, dans l'ensemble, est plus médiocre encore. Il faut lutter contre le mauvais goût comme le font de trop rares critiques indépendants : H. Woolett, par exemple. Nous croyons avoir été toujours de ceux-là, mais vraiment la tâche est ingrate et l'on pourrait préférer cultiver son jardin, le jardin de la musique où sont écloses tant de fleurs exquises et respirer le parfum de la plus merveilleuse, la fleur du génie latin : les *Troyens*, de notre cher et immortel Berlioz. S'il faut rentrer dans la mêlée, c'est avec la volonté de combattre héroïquement pour la cause sainte de l'Art.

PAUL-LOUIS ROBERT (1924).

TABLE DES MATIÈRES

OUVRAGES DU MÊME AUTEUR

VENDUS AU PROFIT

DU

MUSÉE BERLIOZ

(Chez l'Auteur, 18, rue du Lieu-de-Santé, Rouen)

———

Etudes sur Chopin et Liszt. *Bulletin de la Société libre d'Emulation*
(1913)...

Etude sur Hector Berlioz. } *Bulletin de la Société libre d'Emulation*
Hugo Wolf................. }   (1914)....................................   5 fr. »

Etude sur l'Art de Gluck...... } *Bulletin de la Société libre d'Emu-*
Etude sur Modeste Moussorgsky }   *lation* (1915)........................   5 fr. »

Une Correspondance inédite de Boieldieu (Vue d'ensemble). *Bulletin*
de la Société libre d'Emulation (1916)...................   5 fr. »

La Bataille Romantique. Hernani. *Bulletin de la Société libre d'Emu-*
lation (1921)..   5 fr. »

Lettres inédites de Boieldieu.

1re partie (Jusqu'à la Dame Blanche). *Rivista Musicale Italiana*
(1912). 1er fascicule. Turin, 3 via Carlo Alberto .....   4 fr. 50

2e partie (La Dame Blanche). *Rivista Musicale Italiana* (1915).
3e fascicule. ....   4 fr. 50

3e partie (Les Deux Nuits) *Bulletin de la Société libre d'Emu-*
lation (1913)..   5 fr. »

4e partie (1830-1834). *Bulletin français de la Société inter-*
nationale de Musique (novembre et décembre 1909).   3 fr. »
et *Revue française de Musique* (15 mai 1912)..........   4 fr. »

Auguste Guéroult, compositeur et organiste de Saint-Ouen, paru dans
Le Donjon (janvier-mai 1913)....................................   4 fr. 50

Hector Berlioz : Les Troyens (avec portrait de Berlioz)..........   3 fr. »

Trois Portraits normands : Flaubert, Bouilhet, Maupassant. *Bulletin*
de la Société libre d'Emulation (1922-23). (Tirage à
part)..   3 fr. »

Jean Revel : Le Conteur, l'Historien, le Romancier..............   3 fr. »

Rapport sur le Mouvement Littéraire en Normandie, Maine, Anjou
et Blésois, de 1913 à 1924, avec un Index bibliogra-
phique...   5 fr. »

(Franco, recommandé.....   6 fr. »)

———

De nombreux articles ont été consacrés à l'histoire de la Musique et à
l'histoire Littéraire par l'auteur dans les revues suivantes : *Revue Musicale,*
Bulletin français de la Société internationale de Musique S. I. M., Revue fran-
çaise de Musique, Courrier musical, Revue musicale, Opinion et dans le *Journal*
de Rouen.